NINON DE LENCLOS.

NINON DE LENCLOS

PAR

E. DE MIRECOURT.

2

BRUXELLES,

ALPHONSE LEBÈGUE, IMPRIMEUR-ÉDITEUR,

Rue des Jardins d'Idalie, 1.

Entrée par la rue Notre-Dame-aux-Neiges, 60.

1854

I

Ce fut un jour lugubre et de profond désespoir.

M. de Lenclos mêla ses larmes aux miennes. Je me reprochais amèrement les chagrins que j'avais causés à ma mère. En songeant aux rares témoignages d'affection qu'elle avait reçus de moi, je me trouvais odieuse et coupable. Hélas! ni mes cris déchirants ni mes sanglots ne purent rappeler à la vie ce corps inanimé, que j'étreignais et que je baignais de mes pleurs!

Le lendemain, je vis la tombe se refermer sur celle qui m'avait donné le jour.

Ma douleur était inconsolable; je déclarai à M. de Lenclos que je voulais me retirer dans un monastère.

Il ne jugea pas le moment propice pour combattre cette résolution. J'allai m'enfermer à l'abbaye des Ursulines, en haut du faubourg Saint-Jacques.

Peu à peu, néanmoins, mon chagrin eut le sort de tous les chagrins de la terre; il s'affaiblit avec le temps et finit par disparaître. Alors, comme on peut le croire, ma cellule me parut mortellement ennuyeuse; je regrettai de m'être faite si à la hâte pensionnaire aux Ursulines.

M. de Lenclos avait prévu ce revirement.

Un matin, je le vis entrer chez moi. Il ne restait sur son visage aucune trace de tristesse.

— Chère enfant, me dit-il, c'est fort bien de pleurer les morts : toutefois, les larmes ne peuvent être éternelles. Tu es jeune, tu es jolie ; ton existence doit être vouée à la joie et non au chagrin. Gardons précieusement le souvenir de celle qui n'est plus. Si nos regrets avaient le pouvoir de l'arracher à la tombe, passe encore; ils sont impuissants, consolons-nous.

J'étais toute disposée à lui donner raison.

Aussi reconnut-il bientôt que de plus longs discours étaient superflus pour me décider à quitter ma retraite

Il alla droit au fait.

— Ninon, reprit-il, la société te réclame, et je suis émerveillé de te voir déjà célèbre. Dans ce Paris, une jolie fille est un diamant dont l'éclat ne peut rester dans l'ombre. Croirais-tu que je viens de lire des rimes où l'on s'occupe de toi?

— Vraiment, mon père?

— Tiens, regarde plutôt! l'œuvre est du poëte Scarron.

Je tressaillis en entendant nommer l'un des vauriens qui, peu de mois auparavant, donnaient à Saint-Étienne des conseils d'une perversité si remarquable.

M. de Lenclos ne prit pas garde à mon trouble.

Il tira de sa poche une brochure, l'ouvrit et me désigna le passage suivant :

. . . .

Parlons un peu du bel et saint exemple
Que la Ninon donne à tous les mondains.
Combien de pleurs la pauvre jouvencelle
A répandus, quand sa mère sans elle,

Cierges brûlant et portant écussons,
Prêtres chantant leurs lugubres chansons,
Voulant aller, de linge enveloppée,
Servir aux vers d'une franche lippée!...

. . . .

Je fermai la brochure et je la jetai loin de moi avec dégoût.

— Ces gens-là, dis-je, ne respectent même pas la douleur!

— Que veux-tu, ma fille? Ainsi fait le monde : il

oublie ceux qui s'en vont et n'aime pas qu'on abandonne les vivants pour s'occuper des morts. En somme, chacun de nous aura son tour. Usons des rapides instants de la vie, et prenons ici-bas la plus forte dose possible de jouissance. Tu sais que tu as le droit de disposer de la fortune de ta mère?

— Je vous en conjure, ne parlons pas de cela, monsieur...

— Au contraire, parlons-en. Tu auras une aisance honorable et tu seras au-dessus du besoin. Être belle, ne pas manquer de naissance et posséder quelque fortune, y a-t-il rien à désirer de mieux? Viens, nous allons chez le notaire arranger tout cela. J'entends que tu jouisses, dès aujourd'hui, de la plus complète liberté.

Mon père avait le talent de me convaincre.

Son langage, il faut l'avouer, était irrésistible; et puis ce mot de liberté produisait sur moi un effet magique.

Nous payâmes les Ursulines et je dis adieu au couvent.

Une voiture nous attendait à la porte. Moins d'une demi-heure après, nous entrions chez le notaire.

C'était un vieux bonhomme, très-probe et très-consciencieux, qui prenait à cœur les intérêts de ses clients, et surtout ceux de notre famille, dont il était l'ami.

— Raisonnons un peu, ma poulette, me dit-il : vous avez deux mille écus de rente, c'est un joli denier! mais vous êtes jeune, vous aimez la parure; les robes de velours et de satin coûtent les yeux de la tête. Six mille livres ne vont pas loin. Si vous voulez m'en croire, vous placerez votre capital en viager, de sorte que vous serez presque riche. Une occasion favorable se présente. Nous signerons le marché, ce soir, si bon vous semble?

J'y consentis; l'affaire était excellente.

Un traitant prit mes fonds,et mon revenu fut presque doublé.

Dès ce moment, je retrouvai mon humeur joyeuse avec ma légèreté de caractère et mes goûts de dissipation.

M. de Lenclos et moi nous courûmes le quartier le plus à la mode pour louer un logement convenable.

Après avoir visité quinze ou vingt rues d'un bout à l'autre, je me décidai enfin pour une charmante petite maison située rue des Tournelles, près de la Place-Royale. Je m'y installai en moins d'une semaine, et j'eus bientôt une cour très-pétulante et très-assidue.

Mon père me présenta les plus jeunes officiers de son régiment.

Ceux-ci m'en amenèrent d'autres, et mon salon se remplit d'adorateurs. C'étaient des soupirs incessants, une déclaration continue, un concert d'éloges à n'en plus finir sur ma beauté.

Bon nombre de ces messieurs me firent l'honneur de me demander en mariage; mais je refusai net.

J'avais pris à cet égard une résolution inébranlable, et le système de M. de Lenclos prévalait définitivement. On sait, en outre, que mon cœur n'était plus libre. Mes tendres aspirations se partageaient entre Marsillac et le chevalier de Baray.

Parfois je me demandais auquel des deux j'accorderais la préférence, et je sentais au fond de moi-même que ce serait à celui qui me reviendrait le premier.

Comme il était difficile d'accepter les soins de mes prétendants sans leur donner de l'espoir, et que, du reste, la vie de recluse n'avait aucun attrait pour moi, je repris mes anciennes habitudes de Touraine, et je commandai au tailleur en renom de la galerie du Palais un très-élégant costume d'homme, sous lequel je visitai toutes les promenades.

Quand M. de Lenclos, retenu par son service à la Bastille, ne pouvait m'accompagner, je ne me privais pas pour cela de mes courses favorites.

Seulement alors je me faisais suivre d'un valet à distance.

Il me semblait beaucoup plus convenable d'agir ainsi que d'accepter le bras de messieurs les officiers, fort entreprenants de leur nature et qui m'auraient jetée peut-être dans quelque embûche aussi perfide que celle dont je m'étais sauvée à l'hôtel de Bourgogne.

Naturellement généreuse, j'eusse consenti peut-être à donner ; mais je ne voulais pas laisser prendre.

C'est pourquoi je fis venir un maître d'armes, afin de perfectionner mes premières études dans l'art de tuer régulièrement les hommes, bien résolue à châtier ceux qui, devinant mon sexe, me manqueraient de respect sous le costume que j'avais choisi.

Tous les soirs, j'allais au Cours-le-Prince ou à la Place-Royale.

J'acquérais plus d'audace à chaque promenade, et, voyant quelques jolies personnes me lancer en dessous des œillades significatives, j'osai, Dieu me pardonne, diriger contre elles des attaques, presque aussitôt suivies de la victoire. J'allumais des incendies que je ne pouvais éteindre, et cela m'inspirait des gaietés folles.

Il me prit ensuite envie de voir la cour.

M. de Lenclos y avait d'assez belles connaissances.

Nous allâmes nous pavaner dans les antichambres du Louvre; mais l'aspect des courtisans ne me prévint pas en leur faveur. Ils me semblèrent niais et ridicules sous leurs broderies et leurs dorures. Faux, dissimulés, menteurs, ils exagéraient tous les sentiments. Je crus assister à une véritable école d'hypocrisie.

Tels je les ai vus autrefois, tels on les retrouve encore au moment où je trace ces lignes.

Deux de ces messieurs s'abordent. Ils se connaissent à peine, n'importe : vous les voyez se donner l'accolade avec une vivacité burlesque; ils s'embrassent jusqu'à s'étouffer, se livrent vis-à-vis l'un de l'autre aux protestations du plus chaud dévouement et se baisent réciproquement les mains.

Les *baisemains* font fureur.

On en exécute l'action à chaque rencontre, et le mot entre dans toutes les formules de compliment. Ces formules elles-mêmes sont toujours ornées d'éloges absurdes par leur exagération.

Ainsi, par exemple, s'agit-il des *grands*, on les enivre d'hommages, on leur brûle sous le nez tout l'encens de l'Arabie.

On compare les *guerriers* aux héros de la Grèce et de Rome, aux dieux de l'Olympe.

Les *magistrats* sont des Solons, des Lycurgues; ils surpassent en sagesse les plus grands législateurs de l'antiquité.

Les *femmes cruelles* causent un supplice semblable à celui de l'enfer. Des feux, des flammes, des brasiers dévorent leurs victimes, les dessèchent, les font périr de langueur.

Quant aux *femmes tendres*, leurs yeux sont des astres étincelants, des soleils, dont les rayons embrasent la nature entière.

Inventées par les courtisans, ces fadaises passèrent ensuite dans la bourgeoisie.

Le luxe, au début du règne de Louis XIII, avait pris un développement très-pernicieux à la morale. Pour obtenir quelque considération, il fallait avoir de nombreux et brillants équipages; on ne donnait les dignités, les honneurs qu'aux apparences de la fortune ou du pouvoir. Une multitude d'ambitieux de toute sorte étaient constamment à la chasse des bénéfices, des emplois et des pensions.

Comme cela ne manque jamais d'arriver, la ville avait été gâtée par la cour.

Dans toutes les rues de Paris se trouvaient des maisons suspectes.

Hôteliers, traiteurs, baigneurs-étuvistes ouvraient à l'envi des repaires à l'ivrognerie et à la luxure. Les églises servaient de rendez-vous, on y concluait des marchés de débauche.

Il arrivait à chaque instant qu'un gentilhomme sans sou ni maille enlevait de son logis une veuve ou une fille riche, l'amenait avec violence dans un lieu où se trouvait un prêtre et faisait célébrer le mariage sans l'aveu de la famille.

Les spadassins tenaient le haut du pavé; on mesurait l'estime qu'on accordait à un homme à la longueur de sa rapière.

En un mot, on applaudissait à tout ce qui était vice, désordre et violence.

Il faisait beau voir dans les galeries du Louvre tous les nobles de l'époque et les examiner en détail. Je ne pouvais les aborder sans qu'il me prît envie de leur éclater de rire au visage.

La tête ombragée d'un volumineux panache, portant avec orgueil le manteau de velours, les bottes de chamois garnies d'éperons et la flamberge traînante, on les trouvait occupés sans cesse à effiler leur barbe, qu'ils avaient fort pointue, ou à relever les crocs de leur moustache, tantôt avec deux doigts, et tantôt au moyen d'une baguette qu'ils tenaient à la main.

Sortis des salons du roi, ils allaient faire le tapage dans les tavernes, les brelans et les lieux de débauche.

Ils n'ouvraient la bouche que pour blasphémer, pour vanter leur naissance, leurs prétendus exploits, ou se faire gloire des actions basses et criminelles qu'ils avaient commises.

Ainsi rien n'était alors plus commun que de voir des gentilshommes se jeter dans les foules, afin d'y couper des bourses et d'y voler des manteaux. Ceux qui le faisaient par amusement s'en prévalaient comme d'un acte méritoire, et ceux qui le faisaient par besoin ne s'en cachaient pas.

Payer ses dettes, à leur sens, était un déshonneur.

Véritables piliers de tripots, ils ne cherchaient qu'à susciter des querelles et faisaient ouvertement profession d'assassiner pour leur propre compte ou pour celui des autres. Un clin d'œil, un salut douteux, une froideur, un manteau qui touchait leur manteau suffisaient pour qu'ils vous appelassent au combat.

Le duel était passé dans les mœurs.

M. de Lenclos lui-même se battait presque tous les jours, et j'avais fini par lui entendre parler de ses rencontres sans trop de frayeur. Je prenais tous les matins ma leçon d'escrime, et je devenais d'une force assez remarquable.

J'eus la fantaisie d'assister à un combat sérieux.

Un jour, avant le lever du soleil, mon père entra dans ma chambre, me fit habiller lestement et me conduisit derrière l'Arsenal.

Quelle fut ma surprise de rencontrer là Gondi et Scarron, ces scélérats d'abbés dont la connaissance m'avait laissé de si désagréables souvenirs!

Il y avait sur le terrain deux hommes avec eux.

C'était Retz qui allait se battre; son ami lui servait de second.

Ma vue les déconcerta d'abord. Ils s'approchèrent avec une mine ébahie et des gestes irrésolus, qui m'eussent amusée en toute autre circonstance. Je portais le pourpoint et l'épée avec beaucoup de noblesse; ils se trompaient à mon déguisement.

— Pardieu! capitaine, dit Gondi à mon père, je savais que vous aviez une fille charmante; mais je ne vous connaissais pas un fils aussi accompli.

— Effectivement, voilà qui est bizarre! murmurait de son côté Scarron : je n'ai jamais vu de ressemblance plus parfaite, et ce jeune homme est tout le portrait de sa sœur.

— Où avez-vous connu ma fille, messieurs? demanda le capitaine étonné.

— Chut! murmurai-je à l'oreille de Scarron, ne me trahissez pas!

Je perdais complétement la tête, ce qui doit sembler fort ridicule, car enfin j'étais sortie à mon honneur du guet-apens de l'hôtel de Bourgogne, et tout l'odieux de l'aventure retombait sur ces messieurs. D'ailleurs, mon père n'était pas homme à déployer en ces sortes de choses une sévérité fort grande.

Scarron bondit de surprise Il se retourna vers Retz et lui dit :

— Corbleu! c'est elle, c'est elle-même !

Le vilain petit abbé accourut vers moi.

— Ah! s'écria-t-il, le bon tour que vous avez joué à Saint-Étienne !

— Silence donc, monsieur ! N'allez-vous pas raconter cette absurde histoire ?

— C'est juste... Diable!... N'importe, si c'eût été moi...

— De grâce, interrompis-je, arrêtez-vous à des idées plus sérieuses, car vous avez un duel, et peut-être...

— L'épée de mon adversaire va m'embrocher net? C'est là, si je ne me trompe, ce que vous voulez dire. Alors que Satan daigne avoir mon âme! Je sais à quoi je m'expose. Mais si je ne suis pas tué, ma belle, gare à vous!

— Oui, certes, dit Scarron : nous nous sommes faits grands amis de votre père, afin de vous attaquer plus sûrement et de pénétrer dans la place tout à notre aise.

— Je vous sais gré, messieurs, de m'instruire de vos manœuvres, il me sera plus facile de les déjouer.

— C'est ce qu'il faudra voir... En garde! cria Gondi. J'imagine qu'après cette affaire je serai libre enfin de jeter le froc au nez de mon oncle l'archevêque.

M. de Lenclos, pendant ces discours, avait pris les dispositions voulues pour le combat.

Tous les préparatifs étaient terminés.

On croisa le fer.

L'abbé se battait contre un gros baron prussien, du nom de Weimar, insulté par lui la veille au jeu, et qu'il avait voulu contraindre à lui adresser des excuses.

Je m'approchai, curieuse de connaître au juste la force des estimables amis de Saint-Étienne.

Sur l'honneur, j'étais décidée à tirer l'épée contre eux à la première inconvenance dont ils se rendraient coupables.

A peine eut-on fait quelques passes qu'un homme tomba. C'était le second de l'Allemand. Scarron lui avait donné de l'épée en pleine poitrine.

La vue du sang me fit jeter un cri; je fus sur le point de m'évanouir.

M. de Lenclos accourut et me soutint.

— Ferme, donc!... ou, mordieu, tu vas trahir ton sexe! me dit-il à voix basse.

Je n'avais plus d'inquiétude à cet égard, puisque les abbés venaient de me reconnaître; mais je tenais essentiellement à ne pas manquer devant eux de courage, et je fis sur moi-même un effort inouï pour continuer de regarder le combat.

Moins d'une minute après, l'abbé de Retz était vainqueur à son tour.

Décidément, j'avais encore besoin de quelques leçons d'escrime pour lutter à force égale contre ces chenapans.

Je résolus de ne pas renvoyer de sitôt mon maître d'armes.

On emporta les blessés sur une litière jusqu'aux plus prochaines maisons du faubourg Saint-Antoine, et M. de Lenclos invita les deux abbés à déjeuner avec nous.

Cela ne me fit pas un plaisir extrême, d'autant plus que leurs plaisanteries et les demi-mots qu'ils me glissaient à l'oreille attiraient l'attention de mon père, auquel je me décidai à dire une partie de la vérité.

Il écouta mon histoire d'un air fort calme, et me recommanda de ménager Retz, dont la famille était puissante.

Une fois à la maison, je repris mes habits de femme pour faire les honneurs à nos convives.

Obligés de s'astreindre aux bienséances, Gondi et Scarron furent l'un et l'autre très-spirituels, de façon que je me réconciliai presque avec eux.

Après le déjeuner, nous allâmes faire un tour dans mon jardin.

M. de Lenclos avait pris le bras de Gondi : j'étais par d errière, à quelque distance, avec Scarron.

— Vous ne savez pas, chère belle, me dit-il en riant, ce que Retz et moi nous venons de résoudre ?

— Non, monsieur, parlez.

— C'est une gageure très-sérieuse, je vous en préviens.

— Une gageure, et à quel propos?

— A propos de vos bonnes grâces.

— Vraiment !

— Celui qui les obtiendra le premier gagnera le pari.

— Bon ! vous ne les obtiendrez ni l'un ni l'autre.

— Ah ! permettez...

— C'est comme je vous l'affirme. Ainsi, messieurs, retournez à votre théologie.

— Non ! non ! cria-t-il, je gagnerai malgré vos dents.

— Vous gagnerez?

— Oui, dussé-je bouleverser le monde.

— Eh bien, lui dis-je, piquée de son audace, je vous mets au défi de réussir !

— Alors, vous me permettez les attaques ?

— Je vous les permets.

— Vous ne me défendez pas votre porte?

— Je ne vous la défends pas.

— Fort bien, vous êtes prise!

Il devenait amusant.

Mais l'occasion de me livrer bataille ne se présenta

pas alors, et mon cœur eut bientôt à s'occuper de choses assez graves pour me faire oublier le pari de ces deux fous.

Un côté de mon jardin n'était fermé que d'une haie vive.

J'avais causé plusieurs fois, par-dessus cette clôture, avec une dame qui habitait un riche hôtel voisin de ma maison.

C'était une personne fort aimable, mariée depuis trois ou quatre ans à Henri de Senneterre, duc de la Ferté, le même qui par la suite devait acquérir dans les armes une réputation si grande. Comme tous les militaires de l'époque, il se battait sous les murs de la Rochelle, ce boulevard du calvinisme, dont on se préparait alors à former le siége. On disait même que le cardinal devait s'y rendre, afin d'activer l'élan des troupes et de les encourager par sa présence.

La duchesse s'ennuyait beaucoup.

Elle me pria d'aller la voir, et bientôt nous devînmes grandes amies.

Je sortais avec elle en carrosse.

Un soir, elle me conduisit à l'hôtel Rambouillet, dont les salons étaient alors plus fréquentés et plus en vogue que ceux du Louvre, parce qu'on y trouvait une société choisie et un accueil charmant.

La marquise de Rambouillet, l'une des femmes les plus distinguées du siècle, faisait les honneurs de sa maison avec la grâce et la majesté d'une reine.

Son cercle donnait à la ville le ton et l'exemple pour le goût, l'esprit, les bienséances et les bonnes manières.

A peine étions-nous au milieu de cette assemblée, composée de tout ce que Paris avait de plus illustre et de plus brillant, qu'un nom, prononcé derrière moi, me fit tressaillir.

Presque au même instant, un jeune seigneur passa et frôla ma robe de son épée.

— SainteVierge ! qu'avez-vous ? me demanda madame de Senneterre avec inquiétude : comme vous êtes pâle !

Je venais de reconnaître Marsillac.

La duchesse me fit asseoir sur un fauteuil et me tendit un flacon de parfums.

Mais c'était de la joie que je ressentais.

Presque aussitôt je fus remise, et je ne balançai pas à faire ma confidence à madame de Senneterre, en attendant que le prince, qui ne m'avait point regardée encore, vînt à jeter les yeux sur moi.

Au bout de quelques minutes, il se retrouva près de nous.

Mon cœur battait avec force.

Je réussis à attirer son attention, et nos regards se rencontrèrent ; mais le sien resta calme et ne laissa paraître qu'une légère surprise, dégagée de toute espèce de trouble.

— Voyez donc la délicieuse personne ! murmura-t-il

en se penchant vers un seigneur qui marchait à côté de lui. Ne pourriez-vous me dire comment elle se nomme?

— Non, vraiment, répondit l'autre. Elle vient ici pour la première fois.

J'étais confondue, et des larmes soulevaient ma paupière.

Marsillac ne me reconnaissait pas !

— Eh ! ma bonne amie, me dit la duchesse, je ne vois rien là qui doive vous désespérer... Comment donc, au contraire ! N'avez-vous point entendu ce qu'il vient de dire?

— C'est un ingrat, madame, un perfide, et je l'abhorre !

— Mais ce n'est pas sa faute si vous êtes embellie au point de dérouter sa mémoire.

— Je le reconnais bien, moi !

— Belle raison ! Les hommes ne changent pas, ils sont toujours aussi laids. Quant à nous, ma chère, c'est autre chose. De onze à seize ans, nous subissons une métamorphose complète, où tous nos charmes se développent de telle sorte, qu'en vérité nous ne nous ressemblons plus. Allons, courage ! le voilà qui repasse. Agacez-le, lancez-lui quelques œillades.

— Par exemple !... Oh ! non, je suis trop chagrine pour lui pardonner !

— Deux mots, je vous prie, monsieur de Marsillac? fit tout à coup la duchesse, interpellant le prince au passage.

— Oh ! ne me nommez pas ! ne me nommez pas! murmurai-je d'une voix suppliante, en pressant la main de madame de Senneterre.

— Soyez tranquille, répondit-elle.

Puis se tournant vers Marsillac, qui s'approchait et s'inclinait devant nous, elle lui dit :

— Comment se fait-il, monsieur, que vous ne soyez point à la guerre, quand nos maris s'y trouvent? Avez-vous une dispense de bravoure?

— Ah ! duchesse ! vous me faites injure ! répondit le prince. On accorde peut-être des dispenses de ce genre; mais ce que je puis vous affirmer, c'est que personne en France ne les sollicite. Je suis revenu de la Valteline avec une blessure assez dangereuse, qui n'est pas encore guérie. Voilà, je vous le promets, la seule raison...

— Quoi ! vous avez été blessé, monsieur? m'écriai-je étourdiment.

— Oui, mademoiselle, j'ai reçu une balle dans le côté gauche. Mais d'où ai-je pu mériter l'intérêt si plein de bienveillance que vous paraissez prendre à ma personne?

— Vous tirez une conclusion bien prompte d'une parole échappée au hasard. Ainsi , monsieur, cette balle vous a frappé du côté du cœur ?

— Précisément, du côté du cœur...

— Ne vous l'aurait-elle point enlevé en tout ou en partie?

— Ah ! vous me voyez prêt à vous prouver le contraire ! s'écria-t-il avec feu.

— Chut !... fit la duchesse.

Elle se leva de son fauteuil et reprit :

— Monsieur de Marsillac, cette jeune personne est ma parente ; on m'a chargée de veiller sur elle. Toutefois, je suis obligée de vous la confier un instant, car j'ai deux mots à dire à la marquise. Je pense qu'elle est avec ses poëtes dans la *chambre bleue*. Cinq minutes, et je reviens !

Le prince m'offrit le bras avec empressement. Nous parcourûmes les salons.

Pendant cette promenade, il me dit mille choses gracieuses, me complimenta sur ma beauté, sur mon esprit, et ne tarda pas à en venir à la déclaration la plus nette et la plus précise.

Il me faisait pourtant une belle et bonne infidélité !

Mais comme il me la faisait avec moi-même, le jeu me plut. Je lui donnai beaucoup d'espoir.

Lorsque madame de Senneterre nous rejoignit, le prince était aux anges. Nous lui accordâmes la permission de venir nous prendre, le lendemain, pour nous amener à l'hôtel.

— Eh bien? me dit la duchesse, quand Marsillac nous eut quittées.

— Eh bien, ma bonne amie, c'est à votre parente qu'on fait la cour ; Ninon de Lenclos reste dans l'oubli.

— Que vous êtes heureuse ! me dit-elle. A votre place, j'attendrais pour lui décliner mon nom qu'il m'aimât comme un fou.

— C'est à quoi j'ai déjà songé.

— Ah ! coquette !

— Oui, tout bien considéré, son défaut de mémoire ne me chagrine plus. Je tiens en réserve de quoi doubler son amour.

Le lendemain, Marsillac n'eut garde de manquer à sa parole. Je le vis arriver chez madame de Senneterre, où j'étais à l'attendre dans ma toilette la plus éblouissante.

Il fut incendié complétement.

Si j'avais eu plus de calme et la duchesse plus d'expérience, nous nous serions défiées de cette nature inflammable.

Ce qui s'allume vite s'éteint plus vite encore.

Depuis six ans, j'étais fort changée sans doute; mais quoi qu'on dise, il y avait possibilité de me reconnaître, et le cœur aide les yeux en pareille circonstance. Le nombre des adorations successives auxquelles le prince avait dû se livrer, une fois parti de Touraine, était évidemment le seul voile qui se plaçait entre lui et mon souvenir.

Je ne tardai pas à avoir la preuve de son caractère volage.

Pendant toute une semaine il fut très-assidu; c'était notre ombre. Je voyais avec plaisir qu'il avait beaucoup gagné comme esprit et comme manières aimables.

Avec lui je jouais un peu le rôle de prude, afin de rendre la transition plus saisissante, le jour où je me jetterais à son cou, en lui disant : « Mais reconnais-moi donc ! Je suis Ninon, ta petite Ninon du château de Loches ! » Je jouissais d'avance de son enivrement et j'allais me décider à parler, lorsque tout à coup il me parut embarrassé dans ses visites, froid dans son langage, et presque boudeur.

J'attribuai ce changement à mon excès de réserve.

Mais j'eus beau me montrer plus affectueuse, sa passion continua de suivre une marche décroissante.

Cette conduite m'affligea cruellement.

Je devins furieuse, en le voyant, un soir, à l'hôtel Rambouillet, courtiser sous mes yeux et sans vergogne une femme qui m'était inconnue.

Prenant aussitôt des informations sur ma rivale, je sus que c'était une personne fort légère, dont les actions prêtaient beaucoup à la médisance.

Elle se nommait Marion Delorme.

Madame de Chevreuse, qui ne jouissait pas elle-même d'un renom très-intact, l'avait présentée à la marquise.

Mademoiselle Delorme était l'héroïne de nombreuses aventures ; ses histoires faisaient scandale.

Recueillie par la comtesse de Saint-Évremond, sa marraine, elle n'avait rien trouvé de plus simple pour reconnaître les bontés de sa bienfaitrice que d'essayer d'entrer de force dans sa famille en épousant son fils, très-jeune encore, mais assez rusé déjà pour prendre la demoiselle dans son propre piége. Ami de M. de Bassompierre, colonel des Suisses, le petit Saint-Évremond pria celui-ci de passer un costume de franciscain et de bénir son union avec la filleule de sa mère, qui se trouva ainsi mariée en contrebande *.

Mademoiselle Delorme, après cette belle équipée, fut enfermée dans un cloître, d'où elle s'échappa le plus vite possible pour aller vagabonder, je ne sais où, avec l'avocat Desbarreaux.

Revenue à Paris depuis quelques semaines, on la disait au mieux avec le cardinal, dont les cadeaux l'aidaient à mener un train fort raisonnable.

Je dois convenir, pour être franche, que c'était une femme admirablement belle, mais d'une coquetterie au delà des bornes. A peine fut-elle introduite dans le cercle de la marquise qu'elle se mit à jouer de la paupière et à jeter son dévolu sur tous les cœurs.

Marsillac, trouvant là des facilités que je ne lui offrais point, se laissa prendre comme beaucoup d'autres aux œillades de la demoiselle, qui s'empressa de l'attacher à son char et lui ordonna sans doute de rompre avec moi, car il fit mine de ne plus me connaître et n'essaya même pas de déguiser cet abandon sous le manteau de la politesse la plus vulgaire.

On comprendra facilement la blessure faite à mon amour-propre.

* Voir les *Confessions de Marion Delorme.*

(Note de l'éditeur.)

Je jurai de punir la coquette qui me causait une pareille humiliation.

Le hasard me vint en aide.

Vincent Voiture, l'un des poëtes les plus connus de l'hôtel Rambouillet, piqué lui-même de voir mademoiselle Delorme lui préférer Marsillac, vint unir sa vengeance à la mienne.

Il m'apprit que ma rivale habitait la même rue que moi.

Tous mes domestiques, transformés aussitôt en espions, me rendirent compte de chacune des démarches du prince, et je sus qu'il faisait à sa nouvelle conquête des visites aussi longues que fréquentes.

Ma résolution fut arrêtée sur l'heure.

Je priai Voiture de me donner le bras et j'allai résolûment frapper à la porte de mademoiselle Delorme, que je trouvai dans un chaleureux tête-à-tête avec mon infidèle.

Ce fut un vrai coup de théâtre.

Ma visite audacieuse déconcerta le prince. Il perdit la tête, et Marion me demanda fièrement ce que je voulais.

— Oh ! lui dis-je, en désignant de mon éventail Marsillac confondu, ce n'est pas pour vous que je viens, mademoiselle, c'est pour monsieur !

— Pour moi? balbutia-t-il. En vérité, je ne comprends pas...

— Taisez-vous ! m'écriai-je; vous êtes bien osé de m'interrompre !

Puis, me retournant vers la demoiselle :

— Je gage qu'il vous a fait une déclaration d'amour, ajoutai-je brusquement.

— En effet, répondit Marion sans se déconcerter, mais que vous importe ?

— Ah ! permettez, il m'importe beaucoup !... Sans doute il vous a donné comme à moi des bouquets de pensées et de violettes? Il a menacé de se tuer si vous ne l'embrassiez pas ? Il vous a demandé peut-être une mèche de vos cheveux... toujours comme à moi?

Le prince me regardait avec une stupéfaction profonde.

Je le voyais agité d'un tressaillement intérieur. Un éclair passa dans ses yeux : je venais de le mettre sur la trace du souvenir.

— Voilà qui est fort ! s'écria Marion, rouge de colère. M'expliquerez-vous, mademoiselle, à quoi tendent ces discours ?... On n'a jamais vu pareille inconvenance !

— Ne parlons pas d'inconvenance, répliquai-je : la première de toutes serait de garder un cœur qui ne vous appartient pas.

— Qui ne m'appartient pas ?

— Non, j'en prends à témoin le prince lui-même.

— Ah çà ! dit-elle à Marsillac, m'expliquerez-vous enfin cette belle énigme? Ne m'avez-vous pas affirmé que vous connaissiez seulement depuis peu la parente de madame de Senneterre ?

— Il n'a pas menti, je vous le jure, interrompis-je; seulement, comme la cousine de la duchesse et une certaine demoiselle de Lenclos ne sont qu'une seule et même personne...

— Grand Dieu! dit Marsillac, est-ce possible?... Ninon! ma chère Ninon! c'est toi!

— Oui, monsieur, lui répondis-je. Et tu ne m'as pas reconnue?... C'est bien mal!

— Pardonne-moi! s'écria-t-il en se précipitant à mes pieds. Tu es devenue si belle!... Oh! va, je t'aime toujours!

Il quitta mes genoux pour mieux me presser contre son cœur.

Marion venait de tomber éperdue sur un siége.

Quant à Voiture, il riait aux larmes et jetait de temps à autre au milieu de cette scène des exclamations ironiques à l'adresse de celle qui l'avait dédaigné.

La colère, un instant contenue (de mademoiselle Delorme) éclata tout à coup à coup d'une manière effrayante.

Elle se redressa comme une lionne, me sépara de Marsillac et dit, en m'indiquant la porte avec un geste furieux :

— Sortez, insolente!... sortez! ou je ne réponds plus de moi!

— Très-volontiers, répondis-je en souriant; mais j'ai grand'peur, mademoiselle, de ne pas sortir seule... Allons, qui m'aime me suive!

Je tendis la main à Marsillac, il s'en empara vivement.

Nous fîmes une profonde révérence à la maîtresse du logis, et j'emmenai le prince au milieu des éclats de rire de Voiture.

Il était impossible d'avoir un plus beau triomphe.

Un instant après, François était dans ma chambre, à mes genoux, se justifiant de tous les reproches que je commençai par lui faire. Lui-même m'accusait d'indifférence; ignorant l'histoire de la première lettre surprise, il avait continué de m'écrire de la Flèche, de Paris, de la Valteline, de chaque lieu enfin où il s'était arrêté depuis notre séparation. Ma tante gardait sans doute les lettres, ne jugeant pas à propos de me les faire parvenir.

Je crus Marsillac, j'avais besoin de le croire

Nos bras étaient enlacés, nous versions des larmes de bonheur.

O douces émotions de l'amour, sainte fusion des âmes, joies ineffables qui nous descendent du ciel! pourquoi faut-il que vous soyez unies au trouble des sens et qu'au fond de cette coupe de délices nous trouvions le remords!

Le prince me quitta fort tard.

A peine fut-il parti que l'enivrement cessa. Je me

couchai, dans l'espoir d'échapper par le sommeil à la honte que j'avais de ma conduite. Longtemps il me fut impossible de fermer les yeux, et quand je m'endormis de lassitude, je vis en rêve deux figures éplorées qui gémissaient sur mon sort.

C'étaient Vincent de Paul et ma mère!

—

II

Toutes les fois que j'ai voulu me peindre moi-même, je me suis trouvée dans un grand embarras.

Rarement je me suis bien comprise. Je ne m'explique la bizarrerie de mes pensées et de mes sentiments que par une distraction de la nature, qui m'a donné le corps d'une femme et l'âme d'un homme.

Les velléités de repentir qui avaient suivi ma faute s'effacèrent presque aussitôt, et je ne manquai pas d'excellentes raisons pour me justifier à mes propres yeux.

Je suis peut-être la première qui ait allié deux choses

communément jugées incompatibles, la philosophie et l'amour.

Marsillac était fort aimable. Je m'abandonnai bientôt sans scrupule à tout le charme d'une liaison qui me rappelait mes plus heureux jours d'enfance, et nous passâmes deux mois dans un tête-à-tête presque continuel, occupés à nous aimer, à nous le dire, à nous le redire sans cesse.

Je lui sacrifiais alors de nombreux courtisans.

Les plus empressés à me faire la cour étaient Marguerite de Saint-Évremond, le même que le franciscain Bassompierre avait si bien marié à mademoiselle Delorme, et Michel Particelli, sieur d'Émery, créé depuis peu surintendant des finances, gros être bouffi de sottise et de présomption, qui se faisait aimer au poids de l'or et payait ses maîtresses avec les deniers de l'État.

Monsieur le surintendant fut repoussé avec perte. J'adorais Marsillac et, d'ailleurs, je ne voulais pas avoir sur la conscience la ruine du royaume.

Cependant je ne tardai pas à voir combien l'abus du tête-à-tête est dangereux.

Je sentis mon amour se refroidir, et celui du prince se mit à décroître dans la même proportion.

Marsillac se livrait à de fréquentes absences ; il restait même plusieurs jours sans me voir. On m'avertit qu'il donnait à mademoiselle Delorme les instants qu'il me dérobait. Je le crus incapable de me faire un pareil affront, et j'imposai silence à ses accusateurs; mais il n'en restait pas moins coupable de négligence à mon égard.

Tout naturellement j'accueillais avec plus d'amabilité ses rivaux, surtout Saint-Évremond, jeune homme d'une gaieté charmante et d'un caractère on ne peut plus original.

Seulement son esprit, goûté de chacun, n'était pas assez ignoré de lui-même. Il en faisait parade à tout propos, le mettait en vers, le mettait en prose, et l'eût volontiers mis en bouteille *.

De temps à autre, entre le prince et moi, quelques retours de tendresse avaient lieu; mais nous envisagions sans désespoir la possibilité d'une rupture, et la moindre occasion pouvait la faire naître.

Un matin, il entra dans ma chambre, botté, éperonné, comme un homme qui se dispose à un long voyage.

— Où allez-vous ? lui demandai-je.

— A Nantes, me répondit-il, d'où je ne compte pas être de retour avant un mois.

Ma première impression, à cette annonce de départ, ne fut point le chagrin. L'image de Saint-Évremond passa devant mes yeux, il me sembla que je me débarrassais d'une chaîne.

* Saint-Évremond ne détestait pas le vin : c'est à ce défaut sans doute que Ninon veut faire allusion.

(*Note de l'éditeur.*)

Presque aussitôt toutefois, la honte me saisit; je m'empressai de combattre cette nature inconstante et frivole, qui se révélait si nettement, et dont je ne pouvais suivre la pente sans voir se révolter d'abord tout ce que j'avais d'honnêteté dans le cœur. Je dis à Marsillac :

— Quoi! mon ami, vous partez, et vous ne m'emmenez pas ?

— J'hésitais à te le proposer, ma chère, me répondit-il, car il faudrait me suivre en costume d'homme.

— Ceci n'est point un obstacle. Mais qu'irons-nous faire à Nantes?

— Nous irons, comme toute la cour, voir les noces de Gaston de France avec l'héritière de Montpensier, et peut-être, ajouta-t-il en baissant la voix, sauverons-nous un malheureux que le plus grand péril menace.

— Miséricorde! qui donc ?

— Henri de Talléyrand, comte de Chalais.

— Le favori du roi! m'écriai-je, ayant encore présents à la mémoire les pronostics de Saint-Étienne.

— Ceux que Louis XIII paraît aimer sont ceux qu'il abandonne le plus vite dans l'occasion, répondit Marsillac. Depuis ce matin, la cour est sur la route de Bretagne, à l'exception de Richelieu qui doit partir cette nuit. Chalais accompagne le roi, et Chalais a tort. S'il va jusqu'à Nantes, je doute qu'il en revienne. Quelqu'un m'a chargé de le rejoindre et de lui annoncer le péril; mais impossible de trouver une voiture, elles sont toutes prises depuis hier. Donc, il faut voir si tu es assez résolue pour m'accompagner à cheval?

— Oui, certes, puisqu'il s'agit d'une bonne action.

Tous nos préparatifs de départ furent terminés à la minute, et me voilà chevauchant avec Marsillac sur les boulevards d'abord, puis le long du faubourg du Roule.

Nous devions aller coucher à Versailles.

Chemin faisant, il me parla de la conjuration dont Chalais avait été le principal ressort et sur laquelle je n'avais eu jusqu'à ce jour que de vagues renseignements.

— Dans tout ceci, me dit-il, l'essentiel est de savoir au juste à qui donner raison. Si les torts sont du côté de Chalais, il est inutile de continuer ce voyage.

— Pourquoi?

— Parce que sauver un traître serait trahir à notre tour. Mais le comte n'est coupable que d'avoir trop aimé madame de Chevreuse. Ce qui lui est arrivé pouvait arriver également à tous nos jeunes seigneurs et à moi-même. On ne tue pas un homme sous prétexte qu'il est fou d'amour.

— Enfin, lui dis-je, où est le nœud de cette intrigue?

— Louis XIII, tu n'as pas été sans entendre quelques propos là-dessus, me répondit Marsillac, est un fort triste personnage. Il a une femme adorable; mais il la délaisse... et pour cause!

— Vraiment? j'avais cru jusqu'ici qu'on l'avait calomnié.

— Hélas! le fait paraît trop certain! Outre ce qu'il y a de fâcheux pour Anne d'Autriche de perdre ainsi dans l'isolement les plus belles années de sa vie, elle a le désespoir d'être sans cesse tyrannisée par Richelieu, qui prend à tâche de l'éloigner de toutes les affaires. Il la confine avec ses femmes dans le coin le plus reculé du Louvre.

— Pauvre reine!

— Oui, je la trouve excusable de chercher à sortir d'une situation aussi affligeante. Par malheur, les grands sont entourés d'ambitieux ou d'amis trop chauds qui vont toujours au delà du but et gâtent les meilleures entreprises. Gaston, frère du roi, est amoureux, dit-on, de sa belle-sœur : je le crois plutôt amoureux du trône. Si madame de Chevreuse travaillait par dévouement et par amitié pour la reine, lui travaillait par égoïsme. Autant que je puisse lire dans cette ténébreuse intrigue, on voulait raser Louis XIII, le jeter dans un cloître et marier Anne d'Autriche à Gaston.

— Bonté divine!

— Mais, avant d'entamer ce coup hardi, les conjurés avaient un mur d'airain à franchir, un obstacle effrayant à vaincre, un colosse à briser : c'était le cardinal-ministre. Inhabile aux affaires comme au mariage, Louis XIII garde Richelieu, en dépit de la nécessité où il se trouve lui-même de courber la tête sous le despotisme de ce prêtre, et malgré l'aversion profonde qu'il a pour lui.

Donc, il fallait choisir un homme capable de lutter contre le cardinal, et l'on jeta les yeux sur Chalais.

— Mais lui donna-t-on connaissance du complot ?

— On s'en garda bien d'abord. Gaston se rapprocha du favori, l'entoura d'amitiés et de prévenances, et comme celui-ci détestait Richelieu, rien n'était plus simple que de l'entraîner à des manœuvres dont le résultat devait être la perte du ministre. Néanmoins, apercevant un meurtre au bout de tout cela, le jeune homme sentit quelques remords et confia ses irrésolutions au commandeur de Valençay, qui l'exhorta fortement à rompre avec Gaston. Chalais allait suivre ce conseil, quand survint la belle Marie de Chevreuse. Il l'aimait depuis deux ans comme un insensé. Que se passa-t-il entre eux? quel prix attacha-t-elle à sa défaite? On le devine aisément; car à partir de ce jour, la mort de l'ennemi commun fut résolue.

— Ah! m'écriai-je, se peut-il qu'une femme impose des conditions semblables et fasse acheter son amour par un crime!

— Est-ce un crime? fit Marsillac : voilà la question. Si tu interroges les courtisans, tous vont te répondre que tuer Richelieu est un acte méritoire. J'avoue que ce ne sont pas pour la plupart des casuistes extrêmement rigides... Enfin, n'importe! On règle donc la manière de frapper la victime. Gaston fait dire à Richelieu qu'il a le projet d'aller se divertir toute une journée à Limours, maison de campagne voisine de la résidence royale de Fontainebleau, et où le cardinal passe la saison d'été. Quelques gens de la suite du prince devaient se prendre de querelle avec les domestiques de l'Éminence, et rien ne semblait plus facile que d'accomplir le meurtre à la faveur du désordre. Les conjurés croyaient fermement au succès de leur trame. Il n'y eut qu'un inconvénient, c'est que Richelieu était sur ses gardes : M. de Valençay avait cru de son devoir de l'avertir. Tous les plans furent déjoués, toute l'intrigue fut réduite à néant, et madame de Chevreuse dut partir en exil à Blois, après avoir vu saisir sa correspondance avec Henri. Gaston, très-lâche de sa nature, accepta la main de l'héritière de Montpensier, prouvant ainsi au cardinal qu'il renonçait à de plus hautes prétentions. Reste à présent Chalais, qui se croit abrité par la faveur du roi contre le ressentiment du ministre; mais Louis XIII dissimule, Richelieu a sa promesse, et le favori sera sacrifié. On doit l'arrêter à Nantes. Une commission est déjà nommée pour instruire son procès.

— Grand Dieu! mais est-il averti du danger qui le menace ?

— Il le sera par nous. Hier, la duchesse est revenue secrètement à Paris. Elle a eu la chance heureuse de faire reprendre toutes ses lettres au ministre par une personne .. que tu connais, ma chère.

Je regardai fixement Marsillac.

Il baissa les yeux avec embarras et je le vis rougir.

— Une personne que je connais!... Son nom?

— Mademoiselle Delorme.

— Quoi! monsieur, vous avez revu cette femme? On ne m'avait donc pas trompée !

— Je l'ai revue... c'est-à-dire... Il fallait une circonstance aussi grave que celle dont il s'agit...

— Vous en convenez donc ? Mais c'est odieux, c'est impardonnable!

— Je t'en conjure, laisse-moi t'expliquer...

— Rien, je ne veux rien entendre!

— Henri de Talleyrand est le filleul de ma mère. Connaissant les craintes que sa dangereuse situation nous inspire, Marion a pensé que je me chargerais avec joie...

— Silence! votre conduite n'a pas d'excuse... Vous êtes un indigne!... Allez à Nantes tout seul, je ne veux plus vous revoir!

A peine si nous étions arrivés à la hauteur du parc des Sablons.

Tournant bride aussitôt, je pris un galop rapide et je franchis en moins d'une demi-heure l'espace que nous avions déjà parcouru.

Arrivée rue des Tournelles, je dépouillai mon costume d'homme et je passai une robe, dans l'intention d'aller à l'instant même chez mademoiselle Delorme provoquer une explication et savoir à quoi m'en tenir.

Mais le prince, en voyant ma fuite, s'était jeté sur mes traces.

Il entra comme j'achevais ma toilette.

— Sortez, monsieur, sortez! m'écríai-je : tout est fini entre nous!

J'ouvris une porte-fenêtre qui donnait sur mon jardin et je m'éloignai brusquement. Marsillac osa me suivre. Il s'empara de mon bras, que je fis de vains efforts pour dégager.

Véritablement, lorsque je songe aujourd'hui à cette scène, je ne l'explique pas en ma faveur, et je suis trop franche pour me donner raison.

Le premier mouvement, le mouvement honnête, m'avait portée à faire le voyage avec le prince; mais je m'en étais presque aussitôt repentie. J'eus hâte de saisír comme prétexte ma jalousie contre mademoiselle Delorme pour retirer ma parole, ne pensant pas qu'il se mettrait à ma poursuite, eu égard aux motifs graves qui l'engageaient à continuer sa route. Évidemment, malgré les infidélités dont il avait pu se rendre coupable, il m'aimait encore plus que je ne l'aimais moi-même.

Ces messieurs, du reste, sont ainsi faits qu'ils peuvent adorer plusieurs femmes à la fois, diviser leur cœur, sans qu'on s'aperçoive du partage.

Marsillac tomba à mes genoux, protesta de son innocence, me fit une longue harangue pour me fléchir et voulut m'embrasser en la terminant.

La paix allait être conclue à force de baisers, lorsqu'il me sembla voir une femme qui essayait de se dérober derrière une de mes charmilles.

Quelle pouvait être cette femme? pourquoi se cachait-elle de la sorte?

Sans hésiter, je courus à elle et j'écartai ses mains, dont elle essayait de se couvrir le visage.

Un cri de stupeur s'échappa de ma poitrine.

C'était Marion Delorme.

— Vous! chez moi!... quelle audace!... Y venez-vous chercher le prince? m'écriai-je, suffoquée de colère.

Je ne sais quelle impertinence elle me répondit.

Marsillac voulut, sinon la défendre, du moins trouver quelques excuses à la hardiesse de ses réponses. Je le fis taire et je lui ordonnai impétueusement de nous laisser seules.

Il s'éloigna.

Mais bientôt il revint, attiré par mes éclats de rire et par ceux de ma voisine, avec laquelle j'étais devenue tout à coup la meilleure amie du monde *. De nos explications réciproques il résultait que si Marsillac me trompait pour elle, Emery la trompait pour moi. J'ignorais que, depuis environ six semaines, il fût son amant en titre.

* Voir les *Confessions de Marion Delorme* pour ce fait et pour tous ceux qui suivent.

(*Note de l'éditeur.*)

Pour couronner l'aventure, le gros surintendant qui d'ordinaire me faisait tous les jours sa visite à cette heure, déboucha d'une avenue voisine.

Flagellés sans miséricorde par nos railleries, les deux traîtres s'enfuirent et allèrent cacher leur honte.

Du reste, comme je l'avais supposé d'abord, Marion n'était pas venue sous mes berceaux avec l'intention d'y guetter Marsillac. Elle le croyait sur le chemin de Nantes. François s'était chargé de rejoindre Chalais pour apprendre au favori de Louis XIII que sa correspondance avec madame de Chevreuse ne se trouvait plus entre les mains du cardinal. Marion elle-même avait eu l'audace de dérober les lettres au puissant ministre, qui la faisait poursuivre par tous ses limiers.

Elle me supplia de lui procurer un déguisement.

Je m'empressai de la satisfaire et je voulus l'accompagner moi-même jusqu'au faubourg Saint-Antoine, où elle se réfugia dans une pauvre mansarde, afin de dépister la police et d'échapper à la vengeance de Richelieu.

Décidément c'était une excellente fille, pleine de franchise et de cœur.

L'Éminence ayant menacé madame de Chevreuse de montrer à son mari les lettres qu'elle avait écrites à Henri de Talleyrand, Marion venait de sauver l'honneur de la duchesse, en s'exposant elle-même à toute la rancune du ministre.

Je voulus passer la soirée avec elle, afin de l'aider dans son installation, et je ne la quittai que le lendemain.

Nous nous jurâmes une amitié à toute épreuve. Elle me promit de ne pas abandonner sa retraite et de m'écrire quand elle aurait besoin de mes services.

Rentré chez moi, je trouvai une lettre de Saint-Èvremond.

Obligé, comme lieutenant aux gardes, de suivre le roi à Nantes avec toute sa compagnie, il m'exprimait le regret de n'avoir pu me faire ses adieux.

Que devenir? J'allais donc rester seule à Paris ?

Mon père était de semaine à la Bastille, madame de Senneterre suivait Anne d'Autriche; tout le monde prenait le chemin de Bretagne, et je croyais Marsillac lui-même reparti, lorsque je fus très-étonnée de le voir paraître.

Il entra chez moi tout confus.

— Eh! mais, lui dis-je, renoncez-vous donc au voyage de Nantes?

— Ah! Ninon, murmura-t-il, ma chère Ninon, je me reconnais envers toi les plus grands torts, et je n'ai pas voulu partir sans avoir obtenu ma grâce! Entre nous, il ne peut exister d'inimitié. Tu es libre, je te rends tes serments; mais si tu n'es plus ma maîtresse, reste du moins ma sœur!

Il avait les yeux pleins de larmes.

Je me sentais moi-même très-émue, et je lui tendis affectueusement la main.

— Mon ami, lui dis-je, n'oubliez pas de quelle importance il est pour le comte de savoir que Richelieu n'a plus de preuves écrites contre lui. Maintenant Chalais peut tout nier sans risque. Il faut donc faire diligence et rejoindre au plus vite les équipages de la cour. N'ont-ils pas quinze ou dix-huit heures d'avance?

— Oh! je les rattraperai, me dit-il; mais hélas! tu ne viens plus avec moi!

— Précisément, voilà ce qui te trompe, m'écriai-je : partons!

Il poussa un cri joyeux, ignorant que je me décidais beaucoup moins pour lui que pour son rival.

Bientôt j'eus passé mon costume de la veille, et nous reprîmes notre voyage interrompu.

Nous chevauchâmes si vite et si bien que nous pûmes aller coucher à deux lieues de Chartres. Le lendemain, nous dépassâmes le cardinal au Mans, et le troisième jour nous arrivâmes à Angers en même temps que le roi et sa suite.

Le premier soin de Marsillac fut d'écrire à Henri de Talleyrand pour lui annoncer que deux jeunes seigneurs, arrivant de Paris à toute bride, avaient à lui communiquer des choses fort importantes.

Chalais nous fit répondre qu'il nous attendrait chez lui, après le souper du roi.

Nous fûmes exacts au rendez-vous.

Je connaissais M. de Talleyrand pour l'avoir vu chez la marquise de Rambouillet.

Très-jeune encore, car il était au plus âgé de vingt-six ans, il jouissait de toutes les qualités de l'esprit et de tous les avantages extérieurs qui peuvent accréditer un homme auprès de notre sexe.

On comprenait le goût de madame de Chevreuse pour ce charmant cavalier.

— Bon Dieu ! qu'y a-t-il de si alarmant, prince? demanda Chalais, pressant affectueusement la main de Marsillac et me saluant moi-même avec courtoisie. Votre missive m'a presque jeté du noir dans l'âme.

— Je voudrais qu'il en fût ainsi, monsieur le comte. Vous êtes beaucoup trop calme, et vos amis ont plus d'inquiétude que vous, répondit Marsillac. Seul, vous ignorez peut-être ce que sait toute la cour.

— Quoi donc?... Ah! je devine... Le cardinal, dit-on, veut me faire mon procès à Nantes? Mais tranquillisez-vous, prince; j'ai franchement abordé la question avec le roi : il m'a juré que rien n'était plus faux.

— Le roi vous trompe, monsieur le comte!

— Prenez garde, mon ami ; c'est fort grave ce que vous dites là.

— Je vous proteste qu'il vous trompe !

— Mais la preuve?

— Hier, madame de Chevreuse était à Paris.

— La duchesse!... Vous en êtes sûr? murmura Chalais pâlissant.

— Je l'ai vue, je lui ai parlé.

— Que venait-elle y faire?

— Elle venait vous voir et vous supplier de fuir. La reine a trouvé moyen de correspondre avec elle et de lui apprendre vos dangers. Gaston vous abandonne; on vous entraîne loin de Paris pour mieux vous perdre.

— Allons donc! on y regarde à deux fois avant d'attaquer un homme de ma sorte.

— Ne vous y fiez pas, monsieur le comte!

— Je n'ai aucune crainte.

— Sachant que vous étiez déjà parti avec le roi, la duchesse au désespoir alla trouver mademoiselle Delorme, qui lui doit quelque reconnaissance. Vous n'êtes pas sans avoir entendu dire que le cardinal est fou de Marion?

— En effet, ce bruit circule.

— Aveuglé par sa tendresse pour la belle, Richelieu a donné dans je ne sais quel piége. On lui a repris vos lettres, et madame de Chevreuse les a toutes anéanties.

— Excellente nouvelle! s'écria Chalais : ceci est encore un motif de sécurité de plus.

— Ah! vous ne connaissez pas Richelieu! Il est capable de tout pour satisfaire une idée de vengeance! Oui, monsieur le comte, c'est l'avis de madame de Chevreuse et c'est le mien. Le cardinal a déjà nommé, pour instruire votre procès, une commission entièrement composée d'hommes à lui. Sans doute on apostera de faux témoins.

— Ce serait une ignominie!

— Eh ! qu'importe à Richelieu? La duchesse m'a supplié avec larmes de vous exhorter à fuir en Angleterre. Pendant cette absence, et maintenant surtout que rien ne peut plus la compromettre aux yeux de son mari, elle s'engage à faire agir M. de Chevreuse et à vous sauver d'une accusation capitale.

— Moi ! s'écria le comte, moi fuir devant le ministre ! laisser supposer que je puis le craindre et lui donner cette gloire? En vérité, ce serait par trop lâche!... Non, non ! je reste !

Il ne voulut plus rien entendre et me ferma la bouche à moi-même, lorsque, m'étant fait connaître, j'essayai de le prendre par les raisons du cœur, les seules que nous autres femmes sachions faire valoir.

— Encore une fois, me répondit-il, si je recourais à la fuite ce serait une lâcheté. Marie alors me mépriserait et je perdrais justement son amour. Je lutterai contre cet homme... je lutterai, vous dis-je! Si je succombe, ce sera la mort peut-être; mais du moins je mourrai digne d'elle et de moi !

Là-dessus il nous congédia.

Je trouvais Henri de Talleyrand sublime et j'avais l'espoir qu'il se sauverait par son énergie même.

On resta toute la journée du lendemain à Angers, pour attendre Richelieu, qui arriva vers le soir.

Saint-Évremond, que nous allâmes chercher au milieu des gardes du corps, nous plaça convenablement, lorsque vint à défiler le cortége du cardinal, et je vis pour la première fois ce fameux ministre, devant lequel tremblaient le roi et toute la cour.

—

III

A cette époque, Richelieu pouvait avoir quarante ans environ.

Il portait une moustache retroussée, avec une royale en pointe, et il relevait ses cheveux en aigrettes sous sa calotte rouge.

Son œil sévère, son nez découpé sur les mêmes lignes qu'un bec de vautour et son sourire presque constamment sinistre causaient une impression d'effroi, qui ne faisait que s'accroître, lorsqu'on entendait sa parole sèche et brève. Il avait la soutane écarlate des princes de l'Église, ce qui ajoutait encore à la dureté de sa physionomie.

Je fus scandalisée de voir Louis XIII avec ses courtisans assister à la descente de carrosse de son ministre.

Les yeux perçants de Richelieu découvrirent Chalais au milieu de cette troupe brillante; le regard de haine qu'il lui jeta me fit comprendre que l'infortuné jeune homme était perdu.

Après une légère collation, son Éminence, malgré l'heure avancée, fut d'avis de continuer sa route.

Pour obéir à la volonté d'un seul homme, il fallut que le roi, la reine, la reine mère, les seigneurs et toutes les dames qui accompagnaient leurs Majestés se résignassent à voyager de nuit.

Le lendemain, à neuf heures, on arrivait à Nantes.

A dix heures, le capitaine des gardes, tenant à la main un ordre signé de Louis XIII, sommait Henri de Talleyrand de lui rendre son épée.

Ce fut Saint-Évremond qui nous annonça cette triste nouvelle.

On traita Chalais tout d'abord comme un homme coupable de haute trahison.

Il fut jeté dans les cachots de l'ancien palais des ducs de Bretagne, appelé les *Salorges*, où sa mère elle-même, dame d'honneur de Marie de Médicis, ne put obtenir de descendre pour consoler son malheureux fils.

Le roi voulut que ses propres gardes veillassent sur le prisonnier.

Richelieu fit assembler la commission. Tout s'organisa pour que le procès ne traînât point en longueur.

Parmi les courtisans personne n'osait élever la voix ; on n'avait pas assez de hardiesse pour prendre la défense du favori, quand le maître lui-même l'abandonnait à une implacable vengeance.

Dans la ville, on ne connaissait pas Chalais.

Indifférente à son sort, la foule s'occupait exclusivement des noces de Gaston et des fêtes promises.

Chaque matin, on nous apportait des détails plus désespérants.

La commission marchait vite, l'arrêt devait être rendu sous peu de jours.

Marsillac était dans une exaspération effrayante.

— Quoi! s'écria-t-il, j'aurai fait le voyage tout exprès pour le sauver, et cet homme va réussir dans ses menées odieuses?... Non, par l'enfer, il n'en sera rien!... je tuerai plutôt Richelieu !

— Silence, imprudent! lui disait Saint-Évremond : ne savez-vous pas où de pareils discours peuvent vous conduire?

— Eh! que m'importe! répondait le prince.

Nous nous promenions alors sur la place de l'Évêché.

Tout à coup Marsillac vit le carrosse de Gaston qui traversait un quinconce de tilleuls.

Se précipiter, arrêter les chevaux et se cramponner à deux mains à la portière de la voiture, tout cela devint pour lui l'affaire d'une seconde.

Il nous fut impossible de nous opposer à cet acte d'inconcevable folie.

— Vous n'ignorez pas, monseigneur, cria-t-il au frère du roi, qu'un malheureux est plongé dans les souterrains des *Salorges,* et sera condamné à mort pour avoir obéi à vos suggestions! Je vous le demande, abandonnerez-vous Chalais ? Pouvez-vous souffrir qu'un échafaud se dresse auprès de votre lit de noce? Consentirez-vous à vous marier dans le sang ?

Monsieur regardait le prince avec effroi.

Il se rejeta, très-pâle, au fond de la voiture et voulut donner l'ordre au cocher de continuer sa route.

— Non! non! vous m'entendrez jusqu'au bout! s'écria Marsillac. La tête de Chalais est en péril, que prétendez-vous faire pour le sauver?

— Rien... je ne puis rien, murmura Gaston.

— Mais c'est infâme! Savez-vous quel est votre devoir, monseigneur?

— Non, parlez.

— Vous devez descendre dans le cachot de Chalais, prendre la moitié de sa chaîne et dire au roi : « Je suis le complice de celui qu'on accuse : pardonnez-lui comme vous me pardonnez, ou que les juges nous condamnent ensemble! »

— Impossible... Laissez-moi.

— Ainsi, vous ne ferez rien? dit Marsillac hors de lui.

— Je ne ferai rien, parce que je ne puis rien faire.

— Alors, monseigneur, ne soyez pas surpris qu'à partir de ce jour tout homme qui se respecte ne prononce jamais votre nom sans y accoler une épithète...

— Quelle épithète? demanda sévèrement le frère du roi.

Se voyant près de subir un outrage, il essaya d'intimider son interlocuteur.

— C'est à vous de le deviner, ajouta Marsillac.

— Dites, monsieur, dites...

— Celle de lâche!

— Malheureux! cria Gaston, tu me payeras cher cette insulte!

— Je m'y attends. Vous aurez pour cela le courage qui vous manque, lorsqu'il s'agit d'accomplir un acte de justice. Allez! allez! une lâcheté de plus ou de moins, cela ne coûte guère!

Sur cette réplique sanglante, le carrosse partit.

Nous entraînâmes Marsillac et nous le contraignîmes à se cacher.

En rentrant à l'hôtel de ville, où il logeait, Monsieur rassembla tous ses domestiques et leur commanda de faire périr le prince sous le bâton.

Fort heureusement, ils ne purent le trouver.

Marsillac, par cette imprudence, se mit dans l'impossibilité de travailler au salut de Chalais.

Ce fut une grande faute, il le comprit trop tard; nous étions obligés de perdre un temps précieux à le dérober aux recherches de celui dont il venait de se faire un ennemi mortel.

Il se décida, sur mes instances, à reprendre seul le chemin de Paris.

Saint-Évremond profita d'une nuit obscure et le fit échapper par une poterne des remparts.

Une fois Marsillac hors de péril, nous organisâmes avec le lieutenant des gardes et plusieurs de ses amis un projet de délivrance, que nous devions mettre à exécution sur-le-champ, dans le cas où les juges rendraient une sentence de mort.

Elle fut rendue le soir même.

Aussitôt deux hommes de la compagnie de Marguerite feignirent de tomber gravement malades. On les mena à l'infirmerie, où ils s'alitèrent, et Saint-Évremond s'empara de leurs uniformes.

Un tailleur adroit passa la nuit à adapter l'un de ces costumes à ma taille; puis il élargit suffisamment l'autre pour qu'il me fût possible de le revêtir par-dessus le premier.

Ces dispositions faites, Saint-Évremond me réunit, au point du jour, à ceux de ses hommes qui devaient relever leurs camarades, placés, depuis la veille, à la garde du prisonnier.

Grâce à mes anciens goûts et aux exercices que j'avais appris à Tours, je parvins à me donner une attitude passablement militaire.

On eut soin de me mettre en sentinelle juste à l'entrée du cachot.

Je revis enfin le malheureux jeune homme qui, peu de jours auparavant, se montrait si sûr de lui-même et si plein de confiance en l'amitié de Louis XIII.

Il était assis devant une table de bois brut, la tête entre ses deux mains et mouillant de ses larmes une lettre d'adieu qu'il venait d'écrire à sa mère.

Je ne pouvais lui adresser la parole, à cause du voisinage des autres gardes du corps, dont plusieurs n'étaient pas dans le secret de notre tentative. Commençant donc à me promener, l'arme au bras, de long en large du cachot, je manœuvrai de façon à me rapprocher de la table à chaque tour, et je finis par glisser dans la main du captif un billet que j'avais préparé.

Chalais tourna la tête.

Je plaçai vivement un doigt sur mes lèvres pour lui recommander le silence.

Il me reconnut et se mit à lire mon billet, dont voici le contenu :

« Pas un mot, pas un geste ! Vos amis travaillent à votre délivrance. J'ai sur moi deux uniformes. A l'heure du déjeuner, quand l'attention des autres gardes se détournera de nous, je dépouillerai le costume que je vous destine ; vous vous habillerez aussi vite, et nous quitterons ensemble les *Salorges*. Saint-Évremond prépare tout pour notre fuite. Une chaloupe nous attend à Paimbœuf et nous gagnerons la flotte de Buckingham, qui croise devant l'île de Ré. Courage donc, et bon espoir! »

Je vis un éclair de joie passer dans les yeux de Chalais; son regard de reconnaissance me fit battre le cœur.

Hélas! j'étais loin de prévoir le cruel incident qui devait détruire toute l'habileté de nos manœuvres et donner gain de cause à Richelieu!

Dans les souterrains qui avoisinaient le cachot retentit tout à coup un grand murmure, et je vis accourir Saint-Évremond, qui me dit avec terreur :

— Le cardinal!... c'est lui-même!... Il veut parler au prisonnier... Prenons garde de nous trahir!

Je sentis tout mon sang se glacer dans mes veines.

Presque aussitôt Richelieu parut.

Trois hommes, vêtus de longues robes noires, l'accompagnaient. Deux restèrent debout à côté de moi; le troisième ouvrit une espèce de portefeuille de cuir de Hollande, plia les genoux et se mit en devoir d'écrire sur un parchemin qu'il déroula.

Chalais s'était levé frémissant.

Il fit plusieurs pas à la rencontre du cardinal.

— Vous! s'écria-t-il en croisant les bras et en le regardant avec un mélange d'indignation et d'orgueil.

— Moi-même, dit Richelieu.

— Quel est le but de votre visite?

— Je viens vous sauver.

L'accent du ministre était digne et ferme, son regard plein de franchise.

Chalais eut un instant d'hésitation.

— Quel prix attachez-vous à mon salut, monsieur le cardinal? demanda-t-il.

— Votre salut dépend du roi, répondit Richelieu; c'est en son nom que je me rends près de vous. Jusqu'alors, vous avez suivi un système de dénégations qui vous a perdu. Louis XIII est profondément indigné de ne trouver en vous aucune apparence de repentir. Il me rappelait, hier encore, que vous aviez été élevés ensemble.

— C'est vrai, murmura Chalais très-ému.

— Pour vous il n'a jamais trouvé dans sa munificence royale assez de faveurs ni assez de bienfaits. Comment l'en avez-vous récompensé, monsieur? Par l'ingratitude et la trahison... Ne m'interrompez pas! Un reste d'affection pour son ami d'enfance et son favori le plus cher lui a suggéré l'idée de cette démarche, que j'accomplis de grand cœur. Votre grâce est au prix d'un aveu franc et dégagé de réserve.

— Qui me répondra de la sincérité de cette promesse? demanda Chalais.

— Moi, dit Richelieu; n'est-ce pas assez?

Le jeune homme tressaillit.

— Vous êtes mon ennemi mortel, dit-il après un silence.

— Oui, je l'avoue. Mais je suis premier ministre, et vous me supposez, j'imagine, quelque sentiment d'honneur?

— J'ai donc votre parole... votre parole sacrée ?

— Vous l'avez, monsieur le comte.

— Je conserverai toutes mes charges à la cour ?

— Toutes sans exception. Grâce entière, pardon absolu.

— Interrogez-moi, monsieur le cardinal, dit Chalais, je suis prêt à vous répondre.

Richelieu se tourna vers les deux hommes noirs que j'avais à mes côtés.

— Faites entrer les gardes, leur dit-il : ce seront autant de témoins qui pourront certifier au roi l'exactitude de l'interrogatoire et l'authenticité des réponses.

L'ordre fut exécuté sur-le-champ.

Tous nos hommes entrèrent et remplirent le cachot.

Je ne sais quel pressentiment de trahison me traversa l'âme.

Sur le visage du cardinal, où j'avais cru lire d'abord une loyauté parfaite, venait de briller un éclair de satisfaction haineuse, un rayon de joie sinistre, qui fit passer en moi d'indicibles terreurs.

Marguerite comprit ma pensée et me dit à voix basse :

— Du calme ! Il nous restera toujours le moyen de salut que nous avions d'abord.

Chalais ne semblait pas partager nos craintes et regardait le ministre avec confiance.

Nous faisions cercle autour d'eux.

Le greffier, toujours à genoux, se tenait prêt à consigner sur son procès-verbal les paroles de Henri de Talleyrand.

— Je n'ai que trois questions à vous adresser, monsieur le comte, dit Richelieu : veuillez y répondre nettement et catégoriquement.

— Je vous le promets, monseigneur... Un instant, toutefois! Je veux bien dire tout ce qui me compromettra personnellement; mais pour le nom de mes complices, ne me le demandez pas.

— Tranquillisez-vous. D'ailleurs, vos complices, nous les connaissons. Le principal de tous a fait des aveux très-explicites.

— Des aveux! murmura Chalais avec une sourde colère.

— Oui, certes. Comment expliqueriez-vous, sans cela, l'arrêt qui vous condamne?

— Il a fait des aveux! répéta le jeune homme, rougissant et pâlissant tour à tour. Mais vous a-t-il dit, monseigneur, que lui seul a tout organisé, que je n'étais dans ses mains qu'un instrument? Le projet de vous tuer à Limours, c'est lui qui l'a conçu!

— Fort bien, dit Richelieu. Ceci devait être l'objet de ma première question. Reste un seul point à éclaircir : à qui réservait-on l'honneur de porter le premier coup? Cet honneur, ne l'aviez-vous pas réclamé pour vous-même?

— Je l'avais réclamé.

— Devant les juges vous souteniez le contraire. Je pose ma seconde question : Saviez-vous que le complice, dont nous parlions tout à l'heure, eût le coupable espoir d'épouser la reine?

— Je le savais.

— Écrivez! dit le cardinal en se tournant vers l'homme à genoux.

Je revis dans ses yeux le même éclair de contentement féroce; mais presque aussitôt il reprit un visage impassible, un ton patelin, et dit au prisonnier :

— Vous aviez encore nié cela! Je vois avec plaisir que vous vous décidez enfin à répondre avec franchise. Continuez, et vous vous en trouverez bien.

— J'attends votre troisième question, monseigneur.

— La voici, dit Richelieu. Ce mariage avec la reine ne devait-il pas entraîner forcément la mort du roi?

— Jamais! On n'a pas eu cette abominable pensée, je vous le jure!

— Enfin, vous avez beau dire : le roi gênait. Il fallait briser l'obstacle. Si vous n'aviez pas résolu d'attenter à ses jours, que vouliez-vous donc faire? lui raser la tête comme à un roi fainéant, le jeter dans un cloître et le déclarer indigne de la couronne ?

— Oui, monseigneur.

Richelieu fit deux pas en arrière, leva les mains au ciel et prit une attitude de surprise douloureuse.

— Ah! monsieur le comte! monsieur le comte! s'écria-t-il, j'espérais que vos torts n'avaient pas été si loin. Tout cela est horrible, savez-vous? Louis XIII vous eût pardonné sans doute un projet de meurtre; mais ce traitement honteux que vous lui réserviez, mais cette fin déshonorante!... Je n'ose plus, en vérité, vous promettre la grâce.

— Qu'entends-je? Alors c'est un piége que vous m'avez tendu, monsieur le cardinal! s'écria Chalais avec désespoir.

Nous frissonnions tous, et le souffle manquait à nos poitrines.

— Un piége! répondit Richelieu. Je vous laisse maître de le croire. Il répugnait à Sa Majesté de signer un arrêt de mort, sans être bien sûre du crime, et ma démarche a eu pour but de lui donner cette certitude.

La voix du ministre était ironique et son sourire infernal.

Je ne pus retenir un cri d'horreur. Tous les gardes se joignirent à moi par un long murmure d'indignation.

— Qui ose ici désapprouver ma conduite? demanda Richelieu d'une voix irritée.

Chalais venait de tomber avec accablement sur le seul escabeau qu'il y eût dans ce lieu lugubre.

Tout à coup il se redressa et courut au ministre.

— Vil imposteur! traître infâme! cria-t-il en lui portant au visage ses poings fermés.

Richelieu esquiva cette attaque violente, et tout aussitôt les deux hommes noirs, mes voisins, se précipitèrent sur le malheureux jeune homme.

Ils le ramenèrent sur son siége, où ils le continrent de leurs bras robustes.

— A merveille, dit Richelieu, je vous confie le prisonnier. Quant au lieutenant des gardes et à ses hommes, ils vont tous remonter avec moi, afin de signer sous les yeux de Sa Majesté le procès-verbal qu'on vient d'écrire. Votre humble serviteur, monsieur le comte! ajouta-t-il en saluant Chalais; je vais vous recommander à la clémence du roi. Partons, messieurs.

Hélas! à moins d'assassiner le cardinal dans le cachot même, il n'y avait pas de résistance possible!

— Sans doute on va nous laisser redescendre, murmura Saint-Évremond : rien n'est désespéré.

Cinq minutes après, nous étions dans la chambre du roi, qui écouta d'un air impassible la lecture de l'interrogatoire.

— Signez, messieurs, nous dit le cardinal.

Quand le parchemin eut reçu nos paraphes, le ministre se tourna vers Saint-Évremond et ajouta :

— Vos hommes sont libres : j'ai donné d'autres gardes au condamné. Laissez-nous!

Il nous congédia d'un geste impérieux.

Avait-il éventé nos projets, ou notre contenance, lors de la scène du cachot, lui avait-elle inspiré des doutes? Quoi qu'il en fût, il venait de briser notre dernier espoir.

Bientôt nous apprîmes que le roi confirmait l'arrêt des juges.

Heureux d'avoir réussi dans son indigne comédie de clémence, le ministre manqua sans pudeur à sa parole.

L'exécution devait avoir lieu le lendemain, au point du jour.

Je rendrais difficilement l'espèce de rage qui s'empara de toute la compagnie des gardes du corps, lorsqu'ils apprirent cette nouvelle. Témoins de ce qui s'était passé entre Henri de Talleyrand et Richelieu, ils ne trouvaient pas de discours assez énergiques pour blâmer la perfidie du cardinal.

Ce fut presque une révolte.

Les plus hardis déclaraient qu'ils mettraient obstacle au supplice.

On en arrêta quelques-uns pour intimider les autres.

Marguerite et moi nous fîmes comprendre au reste de la compagnie que la force ouverte n'aboutirait à rien. Par nos conseils, ils eurent l'air de se soumettre, et, la nuit venue, quarante d'entre eux nous suivirent chez le bourreau de Nantes.

En nous voyant entrer, cet homme recula de saisissement.

— Que voulez-vous, messieurs? nous dit-il.

— Tu vas le savoir, répondit Saint-Évremond, qui tira sans autre préambule une bourse de sa poche et la lui montra. Je t'annonce qu'il y a là dedans deux cents louis.

Le bourreau regarda la bourse d'un œil avide. Au travers des mailles de soie on voyait briller les pièces d'or.

— Tu as reçu des ordres pour demain? demanda Marguerite.

— J'en ai reçu, murmura le bourreau.

Ses yeux se dirigèrent vers une hache, posée tout près de là sur une table, et dont il était en train d'aiguiser le tranchant, lorsque nous l'avions interrompu.

— Eh bien, ces ordres, répliqua Marguerite, tu ne les accompliras pas.

— C'est impossible.

— Rien au contraire n'est plus facile. Les deux cents louis t'appartiennent, si tu te prêtes à la circonstance; si tu résistes, nous t'étranglons sur-le-champ.

— Ah!... fit-il en nous considérant avec stupeur.

— Tu as le choix.

— Oui, le choix entre la bourse ou... C'est fort clair!

— Tu ne manques pas d'intelligence. Mais dépêchons! Il faut que demain tu ne paraisses pas; il faut que toutes les recherches qu'on ordonnera pour te découvrir soient inutiles. Point de bourreau, point de supplice.

— C'est juste. Que dois-je faire ?

— Rien; tu vas seulement nous laisser agir. Un bâillon dans ta bouche, des cordes solides autour de tes membres, et nous t'expédions loin de la ville.

— Mais..., voulut dire le bourreau.

— Tais-toi ! Lorsqu'on t'aura rattrapé plus tard, tu invoqueras pour ta défense le cas de force majeure. Prends cette bourse, et pas un mot de plus, ou tu es mort !

Saint-Évremond fit un signe à ses soldats.

On terrassa le bourreau.

Moins d'une minute après, il était ficelé, bâillonné, et deux hommes vigoureux le chargeaient sur leurs épaules.

La nuit était sombre.

Nous prîmes les rues les plus désertes et nous gagnâmes le bord de la Loire. Une barque se trouva prête; les deux hommes y déposèrent leur fardeau et, du pied, la poussèrent au large.

— Adieu ! cria Saint-Évremond au navigateur. Tâche d'arriver à Paimbœuf avec le jour et de rencontrer des âmes charitables qui t'empêchent de gagner la pleine mer. Bon voyage !

Une sorte de gémissement sourd arriva jusqu'à nous et montra que le bourreau goûtait peu la plaisanterie.

La barque fut emportée par le courant.

Au point du jour, lorsqu'on vint annoncer à Richelieu que l'exécuteur n'était pas à son poste, il entra dans une rage inexprimable. Avertie par nous, madame de Talleyrand faisait agir tous ses amis et se jetait elle-même aux pieds de Louis XIII.

Nous allions triompher.

Le roi chancelait; les larmes et les cris de douleur d'une mère commençaient à l'émouvoir.

Mais il vint tout à coup à l'esprit de Richelieu une idée atroce, et que Satan lui suggéra pour la perte de Chalais.

Dans les prisons de la ville était un meurtrier de bas étage, condamné à la potence.

Le cardinal donna l'ordre de lui amener cet homme.

— Veux-tu remplacer le bourreau, lui demanda-t-il, et je te fais grâce ?

— Oui-da, répondit le misérable ; j'accepte, monseigneur.

Aussitôt on lui mit une hache entre les mains. Il courut se placer sur l'échafaud, où nous vîmes, l'instant d'après, monter Henri de Talleyrand.

Nous restâmes anéantis et comme frappés de la foudre.

Jamais, dans le cours de mon existence, plus affreux spectacle n'épouvanta mes regards.

Il me semble voir toujours ce noble jeune homme, pour le salut duquel nous avions fait tant d'efforts. Calme et intrépide, à cette heure suprême, il se laissa couper les cheveux et en prit une boucle qu'il tendit à son confesseur.

— Ceci, dit-il, est pour ma mère. Demandez-lui grâce en mon nom de tout le chagrin que je lui donne.

Puis il embrassa le christ, leva les yeux au ciel et s'agenouilla devant le billot.

Bientôt un horrible cri se fit entendre.

L'exécuteur avait manqué la victime.

Un nuage de sang voila mes yeux; j'entendis encore de nouveaux cris, d'autres coups de hache, et je m'évanouis d'horreur.

Le bourreau improvisé par le cardinal s'y reprit trente-quatre fois avant d'abattre la tête du patient. Au trente-troisième coup, le malheureux Chalais criait encore. .

. . . .

A deux jours de là, toute la cour dansait aux noces de Gaston.

IV

Marguerite sollicita un congé et me ramena à Paris.

Pendant plusieurs semaines, il me fut impossible de goûter un seul instant de repos. A peine mes yeux se fermaient-ils, que j'étais réveillée par ce bruit sinistre de la hache, dont mes oreilles ne pouvaient se délivrer. Je voyais toujours devant moi, sur l'échafaud sanglant, le groupe effroyable du bourreau luttant avec la victime.

Chose bizarre, étrange fantaisie du cœur! Je pleurais Henri de Talleyrand comme j'eusse pleuré l'amant le plus cher.

Je m'étais passionnée pour sa délivrance.

L'image de ce pauvre jeune homme, condamné par une justice barbare, ne me quittait plus.

A partir de cette époque, le cardinal me devint odieux : je ne voyais pas que la conservation du pouvoir de cet homme et le bien qu'il faisait censément à la France dussent être ainsi achetés par des flots de sang.

Ma gaieté tout entière avait disparu dans ce voyage de Nantes.

Presque rudoyé par moi, Saint-Évremond s'éloigna, disant d'un air piqué qu'il attendrait la fin de mon caprice.

La cour était revenue de Bretagne.

Je n'avais pas revu Marsillac; il se cachait encore, non par crainte de Gaston, qu'il eût affronté mille fois, mais par crainte de la Bastille, sous les murs ténébreux de laquelle celui qu'il avait insulté menaçait de l'enfermer pour le reste de ses jours.

Madame de la Rochefoucauld eut une peine infinie à arranger cette affaire. Elle n'y réussit qu'en ayant recours à Richelieu.

Le ministre gardait rancune au frère du roi.

Cette occasion de l'humilier lui parut excellente. Il fit révoquer à Louis XIII la lettre de cachet que Monsieur avait obtenue contre Marsillac, et ne borna point là sa protection.

Afin d'empêcher ses ennemis de renouveler une tentative pareille à celle de Limours, il venait d'obtenir pour lui-même un régiment tout entier, chargé de veiller à la sûreté de sa personne.

Il nomma le prince officier dans ses gardes.

C'était une manière de le rendre inviolable, et Monsieur fut contraint de dévorer son affront.

Une fois libre, Marsillac vint frapper à ma porte.

Entre nous il y avait une réconciliation où l'amitié seule jouait un rôle.

François combattit ma tristesse et joignit pour cela ses efforts à ceux de mon médecin, joyeux compagnon s'il en fut, toujours gai, toujours content, toujours moqueur.

Il était déjà fort connu pour sa science et se nommait Gui Patin.

— Je vous ordonne trois remèdes, me dit-il un soir, après m'avoir tâté le pouls.

— Lesquels, je vous prie?

— Vous avez une voix délicieuse et vous touchez du luth à confondre un séraphin : chantez et faites-nous de la musique! Voilà le premier point de mon ordonnance.

— Et le second, docteur?

— Riez!... car vos dents sont une rangée de perles. Nous cacher un semblable trésor est un crime.

— Ces prescriptions, monsieur, sentent le madrigal.

— J'en fais assez d'autres qui sentent la pharmacie!

— Voyons, s'il vous plaît, le troisième remède?

— Avec les chansons et le rire, je vous ordonne l'amour.

— Docteur ! docteur ! vous outre-passez vos pouvoirs.

— Qu'importe? Pourvu que je vous guérisse.

— Pensez-vous que l'amour et la santé marchent ensemble?

— Oui, quand on ne s'administre pas le premier à trop forte dose.

— Dans ce cas, dit une voix qui nous fit tressaillir, non-seulement il ruine la santé, mais il pousse au suicide.

La personne qui entrait de la sorte, sans se faire annoncer, était M. Desmarets de Saint-Sorlin, secrétaire intime du cardinal.

Marion Delorme, toujours enfermée dans sa mansarde du faubourg Saint-Antoine (du moins je l'y croyais encore), m'avait suppliée d'attirer chez moi ce personnage afin de le sonder sur les dispositions du ministre. C'était un homme de beaucoup d'esprit, très-peu enthousiaste de Richelieu et qui ne se gênait pas pour le déchirer à belles dents.

Je le recevais, par cette raison même, avec infiniment de plaisir, et je lui donnais ses entrées franches dans mon boudoir.

— Que parlez-vous de suicide? lui demandai-je, assez inquiète.

Il avait la figure bouleversée.

— De grâce, me dit-il, laissez-moi reprendre haleine; je suis venu tout courant.

— Avez-vous vu Marion?

— Oui, elle est rentrée rue des Tournelles.

— Comment?... et je n'ai pas eu sa visite?

— Non, car elle a besoin d'abord de celle du docteur.

— Que dites-vous?

— Elle s'est jetée hier à la Seine par désespoir d'amour. Des bateliers de la Grève l'ont retirée à moitié morte *.

— Ah! miséricorde!... Courez, mon ami, courez vite! dis-je à Gui-Patin. Mes domestiques vont vous conduire, c'est à deux pas!

Le docteur partit.

— Elle s'est jetée à la Seine par désespoir d'amour! répétai-je en joignant les mains avec effroi.

— Mon Dieu, oui! c'est une triste histoire. Je vous ai demandé, il y a huit jours, l'adresse de mademoiselle Delorme, car elle a beaucoup connu le duc de Buckingham, à l'époque où celui-ci négociait le mariage d'Henriette de France avec le roi son maître.

— Beaucoup... Mais ensuite?

— Le favori de Charles Ier bloque, en ce moment, La Rochelle avec une flotte.

— Je ne vois pas quel rapport...

* Voir les *Confessions de Marion Delorme*.

—Laissez-moi poursuivre, tout cela s'enchaîne, Buckingham veut ainsi se venger du ministre, qui s'est permis d'entraver sa passion pour Anne d'Autriche. Or, la circonstance m'a paru favorable, et j'ai sans plus de retard formé le projet de rapatrier le cardinal et Marion. Communiqué à Richelieu, ce projet lui a semblé magnifique.

— Mais le suicide! à quel propos est venu le suicide?

— Patience! Vous m'indiquez donc la retraite de mademoiselle Delorme. J'y cours et je ne trouve personne.

— L'imprudente! Elle était sortie?

— Mieux que cela, déménagée!

— Par exemple!

— C'est comme je vous l'affirme : déménagée avec un amant de cœur, un jeune artiste, nommé Étienne Lambert.

— Où avez-vous eu ces détails?

— Voici. Nos amoureux n'avaient point laissé d'adresse, et je revins désappointé au Louvre, où, le soir même, par le plus grand des hasards, je me trouvai en face d'un portrait de la fugitive.

— D'un portrait de Marion, au Louvre?

— Oui, dans un de ces trous, que le ministre permet à quelques peintres d'habiter sous les combles. J'allais commander un médaillon à Daniel du Moustier, le plus habile de tous pour la miniature, lorsque j'aperçus au fond de son atelier une toile représentant mademoiselle Delorme. «Eh! voilà Marion!» m'écriai-je. «Non pas,» me répondit Daniel, « la personne que vous montrez est la maîtresse d'un de mes amis. — Je suis loin de vous le contester, mais c'est Marion Delorme! » Il bondit de surprise et poussa des exclamations auxquelles je ne compris rien d'abord. Enfin je devinai que son ami croyait avoir triomphé d'une vierge candide, et qu'il était homme à faire un éclat terrible, s'il venait à connaître le véritable nom de sa maîtresse. Daniel me promit de se mettre au plus vite à leur recherche; mais il ne put les découvrir qu'au fond de la Seine.

— Ah! mon Dieu!

— La catastrophe prévue était arrivée. Sachant qu'il avait affaire à la célèbre femme galante, dont ce gredin de Théophraste * a publié les aventures, Étienne Lambert alla se noyer de désespoir, et Marion, qui l'aimait à la folie, courut se jeter à l'eau à son tour.

— Mais c'est une histoire affreuse!

— D'autant plus qu'on ne retira que Marion vivante. Son amant a trouvé la mort au fond de la rivière. La pauvre femme est inconsolable. Je vous exhorte à ne plus la quitter. Faites en sorte de lui rendre tout le sang-froid dont elle a besoin pour fléchir cet endiablé cardinal, qui s'inquiète fort peu des chagrins d'amour. Il est entré, comme je vous l'ai dit, dans tous mes plans. Bientôt il partira pour La Rochelle, où il exige que Ma-

* Journaliste de l'époque.

(Note de l'éditeur.)

rion le rejoigne au plus vite. Donc, il faut la consoler sans retard.

Je pris le bras de Saint-Sorlin. Il m'accompagna chez la malade.

Nous la trouvâmes dans un état effrayant. Le docteur désespérait de la sauver.

Toutefois, grâce à nos soins réunis, elle fut en une semaine hors de péril.

Mais le mal physique n'emporta pas avec lui le chagrin. L'amour de mademoiselle Delorme pour Étienne était aussi profond que sincère; elle pleurait amèrement le jeune artiste et s'accusait de sa mort.

— Ah! disais-je au docteur, pouvez-vous me conseiller d'aimer, en face d'un tel exemple?

— Un instant, diable! un instant, me répondit-il, je m'explique! Aimez toujours avec les sens, jamais avec le cœur.

— C'est donc là, monsieur, votre système?

— Oui, ma chère.

— Il faut, selon vous, se garantir du véritable amour?

— Véritable ! véritable!... Enfin appelez-le de la sorte, puisque cela vous convient; mais, pour Dieu, sauvez-vous-en comme d'un abîme ! Au fond de ces tendresses insensées, il n'y a que la perte des illusions, le désespoir et les larmes. Comprenez-vous deux êtres assez absurdes pour s'isoler entièrement du reste du monde et prendre en mépris tout ce qui n'est pas l'objet aimé ? Ils se décorent l'un et l'autre des qualités les plus séduisantes et se changent réciproquement en demi-dieux. Maintenant, que la force des choses les arrache de cet Olympe de l'amour, ils veulent y retourner à tout prix; ils ne consentent point à briser l'idole, même quand les vers la rongent. On ne peut mieux comparer leur état qu'à celui d'un malade auquel on administre de l'opium. Il fait des rêves merveilleux et s'envole dans des régions impossibles. Mais, au réveil, il retrouve la douleur, et sa situation lui paraît plus insupportable; il redemande ses rêves, absorbe chaque jour une quantité de poison plus grande et finit par en mourir.

— Je crains que vous ne disiez vrai, docteur.

— N'en doutez pas. Cela mérite des réflexions sérieuses. Pourquoi les poëtes donnent-ils des ailes à l'Amour?

— Ah! oui, à propos, pourquoi?

— Parce qu'il est reconnu, chère amie, qu'il doit pouvoir s'envoler tout à l'aise; autrement on lui donnerait des béquilles.

— C'est juste.

— Ainsi modifiez mon ordonnance et, au lieu de l'*amour*, écrivez le *plaisir*.

— Oui, docteur.

De son lit, Marion prêtait l'oreille à cet entretien.

Je crus m'apercevoir qu'il avait produit quelque effet sur elle. Bientôt nous parvînmes à rendre le sourire à ses lèvres, en lui racontant les échecs essuyés par le cardinal auprès de certaines beautés de la cour.

M. de Saint-Sorlin connaissait là-dessus nombre d'anecdotes curieuses et les brodait à merveille. Quand il avait fini, notre joyeux docteur entamait le chapitre des médecins, qu'il accablait de sarcasmes, en se sacrifiant lui-même.

— La maladie que nous guérissons le mieux, disait-il, c'est la crédulité du public à notre égard. Après tout, de quoi se plaint-on? Ne faisons-nous pas toujours assez de bien, quand nous ne faisons point de mal?

Marion riait.

Nous excitions la verve du docteur; cela n'en finissait plus.

Sur les entrefaites, la baronne de Montaigu, ma tante, vint à mourir.

Je donnai des larmes sincères à cette amie dévouée de mon enfance. Frappée d'une apoplexie foudroyante, elle n'avait pas eu le temps de m'appeler à son lit de mort.

Il fut convenu que nous irions en Touraine, et M. de Lenclos partit le premier, se chargeant de régler là-bas mes affaires, car j'héritais sans exception de tous les biens de ma tante.

Huit jours après, Saint-Sorlin, le docteur, mademoiselle Delorme et moi nous prenions à notre tour la route de Loches.

Mon père m'y préparait une véritable réception de châtelaine.

Une fois arrivés, nous étions à moitié chemin de La Rochelle, où le secrétaire de son Éminence voulait toujours conduire Marion.

Le mouvement du voyage, les épigrammes de Saint-Sorlin et surtout les soins passablement intéressés du docteur, qui était devenu fort amoureux de mademoiselle Delorme, rendirent à celle-ci son entrain et son amabilité d'autrefois.

Les sombres fantômes qui l'assiégeaient disparurent.

Après une joyeuse semaine passée dans mes terres, nous nous dirigeâmes en poste vers La Rochelle, où devait définitivement se signer le traité de paix entre Marion et Richelieu.

J'accompagnais ma voisine dans ce voyage, avec la secrète espérance de rencontrer au siége un des héros de mes premières aventures, ce pauvre chevalier de Baray, qui s'était conduit à mon égard d'une façon si loyale, si chevaleresque, et dont j'avais été séparée à l'époque de la mort de ma mère.

Il m'aimait sincèrement; je lui avais toujours conservé dans mon cœur un tendre souvenir.

Mon premier soin, à notre arrivée, fut de mettre deux messagers à sa recherche, sans lui faire dire quelle était la dame qui le demandait, afin de mieux jouir de sa surprise et de sa joie.

Au bout d'une heure, un capitaine d'artillerie parut, amené par l'un de mes deux hommes, et me dit avec un accent d'affliction profonde :

— Vous avez fait demander mon frère, madame, et mon frère ne peut plus se rendre à votre appel. Il y a huit jours qu'un biscaïen, parti des remparts, est venu le frapper en pleine poitrine.

— Grand Dieu!. . Qu'entends-je?... Il est mort!

Le capitaine accourut pour me soutenir, car mon visage s'était couvert subitement de pâleur et j'allais tomber à la renverse.

— Madame!... Oh! pardon! me dit-il : je viens de vous apprendre sans ménagement une triste nouvelle... Vous aimiez donc mon frère?

— Il est mort!... Pauvre chevaler! m'écriai-je en fondant en larmes.

— Vous êtes mademoiselle de Lenclos, peut-être?

Je répondis par un signe; les soulèvements précipités de mon sein ne pouvaient laisser échapper que des sanglots.

— Ah! mademoiselle, votre nom n'a pas cessé d'être sur ses lèvres! En mourant il le prononçait encore, et voici ce que je m'étais chargé de vous porter à mon retour du siége.

Il me présentait un linge taché de sang : je reconnus le mouchoir que son malheureux frère avait racheté jadis au mendiant du parvis Notre-Dame.

Je baisai mille fois ce dernier gage d'amour et je l'arrosai de mes pleurs.

Ainsi devait finir l'homme qui m'avait le plus noblement et le plus saintement aimée!

Mon chagrin ne céda pas sans peine aux soins affectueux de mes amis et à leurs prévenances.

Ce fut au tour de Marion de me consoler.

Elle ne voulait pas rendre sans moi visite au cardinal, et deux jours s'écoulèrent sans que j'eusse la force de m'occuper d'autre chose que de ma douleur.

Enfin le secrétaire du ministre me fit comprendre de quelle importance il était d'en terminer avec tous ces retards, et l'heure de la visite fut fixée.

Richelieu, métamorphosé en général, déployait à conduire les opérations du siége un talent remarquable : il faut lui rendre cette justice avec tous les militaires qui purent le voir à l'œuvre.

Une seule chose le désespérait, c'était la flotte de Buckingham éternellement à l'ancre en face du port. Elle rendait, de ce côté, la ville inattaquable et y faisait passer les provisions de bouche nécessaires.

Or, le plan de Saint-Sorlin consistait à user du secours de Marion pour décider Buckingham à regagner Portsmouth.

Ce plan, comme on le sait, avait l'entière approbation de Richelieu, qui, depuis quinze jours, attendait mademoiselle Delorme avec impatience.

Pour aller trouver le ministre il nous fallut gravir une énorme falaise, au sommet de laquelle il avait fait transporter des canons, qu'il était en train de braquer contre les vaisseaux anglais.

Lorsqu'il aperçut Marion, il vint brusquement à elle et lui reprocha son arrivée tardive.

— Vous deviez pourtant, mademoiselle, lui dit-il, avoir le désir de me faire oublier vos sottises, et je ne vous trouve guère empressée de mériter votre grâce?

Elle lui répondit avec une hardiesse qui m'effraya.

Je me hâtai de l'interrompre et de dire au ministre, en accompagnant ma phrase d'une respectueuse révérence :

— Mon amie et moi, nous sommes entièrement aux ordres de monseigneur.

Il me regarda d'un air singulier et prit la liberté grande de me passer la main sous le menton, comme il eût fait à un enfant.

— Çà, venez un peu, Toiras, et laissez vos batteries; nous n'en avons plus besoin ! cria-t-il en appelant son premier capitaine. Voici deux adorables personnes, dont les yeux causeront aux Anglais plus de désastre que vos boulets et votre poudre. Elles vont s'embarquer à l'instant même et rendre visite à la flotte de milord Buckingham.

Il prit la peine de nous expliquer la manière dont il fallait nous conduire avec son ennemi.

Comme il s'agissait de fourbe et de ruse, monseigneur était dans sa sphère.

Moins d'une heure après, nous nous embarquions sur un chasse-marée. Saint-Sorlin nous adressait des signes d'adieu du rivage.

— Et vous oserez, mesdames, s'écria Gui-Patin, qui n'avait pas voulu nous abandonner, et pour cause, vous oserez donner suite à cette combinaison digne de Machiavel?

— Mais il me semble, mon ami, lui dis-je, que nous servons le roi et la France.

— Avec de singulières armes, morbleu!

— La! la! docteur, je devine vos inquiétudes, dit Marion. Tranquillisez-vous. Mademoiselle de Lenclos, seule, attaquera Buckingham.

Cet arrangement me parut assez bizarre.

Mais je n'eus pas le loisir de répliquer, car une effroyable détonation se fit entendre et des boulets sifflèrent à nos oreilles.

C'était un avertissement poli de messieurs les Anglais.

En approchant de la flotte, le patron de notre petit navire avait oublié de hisser le pavillon britannique. Il se hâta de nous épargner une seconde volée de mitraille, en réparant son oubli.

Bientôt nous abordâmes le vaisseau-amiral, où mademoiselle Delorme, reconnue de son ancien adorateur, nous obtint une réception charmante.

Ici le courage m'abandonne. La plume me tombe des mains.

Cette excursion maritime et le voyage en Angleterre qui la suivit devaient causer la perte du malheureux Buckingham.

Il nous crut persécutées par Richelieu, se laissa prendre à nos coquetteries, obéit à nos caprices et se décida enfin à retourner à Londres, où nous nous trouvâmes bientôt en pleine cour du roi Charles Ier.

Nous reçûmes un accueil en rapport avec l'immense faveur dont le duc jouissait auprès de son maître.

La gracieuse reine Henriette, notre compatriote, daigna nous autoriser à lui rendre de fréquentes visites.

Cette fille de Henri IV regrettait le Louvre et son beau ciel de France. Il semblait qu'elle prévît déjà tous les malheurs qui devaient fondre sur elle et sur son époux.

Buckingham n'avait pas eu l'intention de renoncer à son projet de secourir La Rochelle. Sa flotte ne se trouvant pas assez considérable pour bloquer entièrement le port et réduire l'île de Ré, dont la prise était pour lui fort importante, il avait cédé à nos sollicitations, mais avec le dessein de profiter de ce retour en Grande-Bretagne pour augmenter ses forces et reprendre la mer, au printemps, avec le double de vaisseaux.

Averti de ces préparatifs, Richelieu jura que la ville assiégée ne reverrait plus son défenseur.

Un fanatique, appelé Felton, soudoyé par le cardinal, se précipita sur Buckingham, au moment où celui-ci allait se rembarquer, et le poignarda sous nos yeux *.

Nous revînmes à Paris dans un état d'affliction pro-

* Voir les *Confessions de Marion Delorme*.

(*Note de l'éditeur.*)

fonde, nous reprochant d'avoir si à la légère consenti à servir un homme, dont la politique monstrueuse ne reculait même pas devant un crime.

Je ne m'étais trouvée que deux fois vis-à-vis de Richelieu, et deux fois j'avais vu couler le sang.

Le caractère de ce ministre était horrible. Encourir sa haine devenait un arrêt de mort ou d'exil. Repoussant de son cœur non-seulement le sentiment du pardon, mais encore celui de la reconnaissance, il persécuta la reine mère, sa bienfaitrice, excita Louis XIII contre elle, et la fit honteusement chasser de la cour.

Marion sentait comme moi la nécessité d'échapper à nos lugubres souvenirs.

Elle invita tous nos amis à un dîner qui lui coûta pour le moins vingt mille livres. Il y avait neuf services de quinze bassins chacun. C'était royal.

A mon tour je donnai des fêtes magnifiques, où Saint-Évremond, que je boudais beaucoup moins alors, m'amena tout ce que Paris avait de célébrités dans les lettres et dans les arts.

Un soir, au moment où mes salons étaient remplis, il me présenta un jeune homme, dont l'air timide et modeste m'intéressa vivement.

Son costume d'une propreté rigoureuse, mais peu conforme à la mode du jour, laissait deviner qu'il était de province.

Effectivement, il arrivait de la capitale de la Normandie, et déjà ses compatriotes le tenaient en grande estime pour ses talents littéraires.

Il se nommait Pierre Corneille.

Sur la foi de Marguerite, auquel je reconnaissais un goût très-solide, j'invitai les comédiens de l'hôtel de Bourgogne et je les priai d'entendre la lecture d'une pièce de notre auteur de Rouen.

Ce fut une véritable solennité. Le succès dépassa mes espérances.

On applaudit à tout rompre. J'avais décidément fait la découverte d'un grand poëte.

Messieurs de l'hôtel de Bourgogne allèrent presser la main de mon protégé; leur enthousiasme ne peut se décrire. Ils demandèrent à Corneille le manuscrit de sa pièce et se distribuèrent les rôles, séance tenante

J'étais dans le ravissement.

L'auteur, dont la voix tremblait au début de sa lecture, avait fini par s'enhardir et par faire valoir toutes les beautés de son œuvre.

Sa douce et candide physionomie se transfigurait en quelque sorte au milieu d'un rayonnement d'inspiration; ses yeux, ordinairement inquiets et pleins d'une supplication craintive, brillaient de la flamme du génie. Je le trouvais sublime.

A la fin du dernier acte, je me levai de mon siége pour aller l'embrasser.

Toutes les dames présentes en firent autant.

De l'aveu général, il n'y avait pas eu jusqu'alors, au théâtre, de pièce aussi bien conduite et remplie d'aussi beaux vers.

Mon jeune poëte, si timide d'abord, resta le dernier dans mon salon et se précipita tout ému à mes genoux.

— O merci ! merci, ma noble protectrice! s'écria-t-il en versant des larmes de bonheur : je vous devrai mon avenir, je vous devrai la gloire! Vous êtes une divinité pour moi!

Jamais émotion plus douce ne m'avait fait battre le cœur.

Il me baisait les mains avec transport; nous pleurions ensemble. A l'épanchement de nos âmes, on eût dit que nous nous connaissions depuis de longues années.

Chez lui la reconnaissance amena bientôt l'amour.

Pierre Corneille ne me quittait plus. Je le suivais aux répétitions des comédiens. La pièce qu'il leur avait lue était intitulée *Mélite*, et le jour de la représentation fut un nouveau et magnifique triomphe. Tout Paris accourut applaudir mon poëte. J'étais plus radieuse et plus fière d'être à lui que si l'on m'eût proclamée reine de France.

Mais, hélas! il ne travaillait plus! Son unique occupation était de m'aimer.

Je compris que je devais avoir du courage pour deux, et je lui dis :

— Pierre, votre séjour à Paris ne peut se prolonger davantage.

— Vous quitter, Ninon, vous quitter! s'écria-t-il avec un accent de désespoir : oh! c'est impossible!

— Il le faut, mon ami. Nous ne sommes raisonnables ni l'un ni l'autre. Vous savez combien je vous aime. Allez travailler dans le calme et le silence; revenez avec un nouveau chef-d'œuvre, et vous trouverez toujours dans mes baisers votre première récompense. L'amour ne doit être que le repos du génie.

Notre séparation me coûta bien des larmes.

Mais Corneille ne m'appartenait pas, il appartenait aux lettres.

Deux jours après il retournait à Rouen.

Tout le monde chez moi l'avait engagé à solliciter la protection de Richelieu. Il refusa; je trouvai qu'il faisait bien. Le génie ne doit pas s'humilier devant la puissance, sous peine d'avoir le même sort que le blé couché par le vent : l'un et l'autre ne mûrissent que debout.

Ces choses m'avaient rendue célèbre.

On se disputait l'entrée de mon cercle; on me comblait d'adulations et d'hommages. J'étais une idole devant laquelle on brûlait un éternel encens.

Je conviens que cela m'enivra d'abord; mais bientôt je m'aperçus de tous les dangers auxquels s'expose une femme, lorsqu'elle veut se lancer dans le monde. Si elle prend son vol trop haut, le sort d'Icare la menace; si elle le prend trop bas, c'est pis encore. Sans compter ses ennemis intérieurs, la vanité, l'amour-propre, les sens et tout le reste, elle a aussi contre elle les hommes et les femmes, les femmes surtout.

Du point où j'en suis de mon histoire au jour où j'écris ces lignes, bien des années se sont écoulées; pourtant j'ai encore sur le cœur l'indigne fourberie de deux personnes admises alors dans mes réunions.

C'étaient la présidente de Mesmes et la baronne des Étangs.

L'une et l'autre avaient cherché à nouer avec moi des relations intimes; elles m'accablaient d'amitiés et de prévenances.

Madame des Étangs passait pour une femme sans passions et sans prétentions. Voiture disait d'elle : « C'est la candeur et la franchise même. Rien de plus pur que ses principes, rien de plus indifférent que son cœur. Autant elle est froide en amour, autant elle est sincère en amitié. »

Voilà, certes, un bel éloge!

Eh bien! n'en déplaise à l'infaillibilité du jugement de Voiture, la femme dont il esquisse ainsi le portrait a machiné contre moi la trame la plus indigne et la plus perfide.

Quand il m'arrive d'accuser quelqu'un, j'accuse les preuves en main.

On estimera madame des Étangs à sa juste valeur, lorsqu'on aura lu cette lettre, adressée à la présidente sa complice, et qu'elle eut, un soir, l'étourderie de perdre dans mon salon.

« Plus j'y pense, ma chère, écrivait-elle, plus je me persuade que nous nous trompons dans le chemin que nous avons résolu de suivre pour perdre mademoiselle de Lenclos dans l'estime publique et lui enlever tous ses admirateurs. Des ironies fréquentes, des épigrammes continuelles ne me paraissent point propres à détruire les avantages que notre ennemie commune trouve dans sa jeunesse et dans quelques minces attraits. La conduite que nous nous proposions de tenir décèle trop nos intentions; elle peut nous rendre odieuses, et si nous lui déclarons une guerre ouverte, peut-être aurons-nous la douleur de voir la compassion s'unir aux autres sentiments qu'elle a déjà excités.

» Suivons un système contraire, je vous y engage.

» Recherchons son commerce, devenons ses amies, efforçons-nous de gagner sa confiance; usons du crédit que l'âge doit naturellement nous donner sur une jeune personne. Enfin tâchons de parvenir à la gouverner, faisons en sorte d'être ses confidentes.

» Avec de l'adresse et de la ruse, je répondrais que nous l'amènerons un jour à ne plus voir, penser, sentir que par nous.

» Le triomphe est assuré, si nous pouvons lui donner de l'indifférence pour ces vains agréments qu'elle possède. Substituons aux grâces dont la nature l'a comblée le goût des vertus supérieures ; remplaçons chez elle la vivacité par la circonspection, le sentiment par le sophisme, la franchise par la défiance, la fine plaisanterie par le ton raisonneur. En un mot, rendons-la si solide et si estimable que nous rompions cet enchantement qui attire et fixe tous les hommes auprès d'elle.

» Nous risquons, il est vrai, de faire une femme essentielle de celle qui ne devait être qu'amusante et jolie; mais devrons-nous donc en avoir du regret? Nous l'aurons accoutumée à outrer ses qualités les plus précieuses; aucune de ses vertus ne sera à sa place et, si je ne me trompe, nous la verrons incessamment plus ridicule et aussi peu fêtée que si elle était laide et vieille.

» Voilà, ma chère, le parti qui m'a paru le plus prudent.

» Montrer de la jalousie, c'est afficher la supériorité de sa rivale. La détruire en paraissant vouloir la perfectionner, c'est le chef-d'œuvre de l'art, et ce sera pour nous le comble de la satisfaction. »

Qu'en pensent mes lecteurs?

Ai-je tort de crier contre la perfidie de mon sexe? Est-il permis, je le demande, de voir une machination plus coupable, un complot plus odieux?

Je jurai de punir cruellement les deux hypocrites qui m'avaient donné des baisers de Judas sans nombre.

Rien n'était plus facile.

Il suffisait d'envoyer des invitations de toutes parts, de rassembler chez moi la société la mieux choisie, et de démasquer honteusement les traîtresses, en faisant de la lettre trouvée une lecture publique.

Mais un accident fatal vint tout à coup me détourner de ce projet de vengeance et m'accabler de douleur.

La funeste manie que M. de Lenclos partageait avec les nobles de l'époque de tirer l'épée à chaque instant pour le motif le plus frivole devait finir par causer sa perte.

On me l'apporta, un jour, sur une litière, baigné dans son sang.

Il avait la poitrine traversée d'un coup mortel.

Je me jetai dans ses bras, en poussant des cris de désespoir.

Le chirurgien, qui venait de poser le premier appareil sur la blessure, déclara que mon malheureux père ne vivrait pas vingt-quatre heures.

Gondi et Scarron avaient été les témoins du combat. Ils se trouvaient avec moi près du lit de mort.

— Pourquoi pleurer, ma chère Ninon? me dit mon père d'une voix déjà presque éteinte. Il me reste peu d'instants à vivre, tâchons de les donner à la joie plutôt qu'aux larmes. Tous mes jours, ici-bas, ont été consacrés au plaisir : je ne veux pas que ma mort démente ma vie. Je suis jeune encore, il est triste sans doute de partir si tôt; mais le sage, quand il en arrive là, doit sauter le fossé gaiement. Voyons, messieurs les abbés, vous n'allez pas, j'imagine, me réciter des psaumes? Je n'aurais, d'ailleurs, aucune confiance en vos prières. Dressez une table à côté de mon lit; couvrez-la de flacons, et trinquez à mon heureux voyage dans l'autre monde!

Hélas! il fallut sécher mes pleurs.

M. de Lenclos se dressa sur son séant, vida plusieurs verres de vin d'Espagne et se mit à plaisanter malgré sa souffrance.

L'abbé Scarron chanta des couplets, que j'accompagnai du luth, couplets burlesques où il narguait la mort sous le nom de la *camarde*, et dont mon père s'efforçait de répéter le refrain de sa voix affaiblie.

On eût pu croire du dehors que toute ma maison était en fête.

Mais bientôt les chants cessèrent.

Le blessé devint plus pâle. Sa main laissa tomber la coupe qu'il voulait saisir encore. Il m'attira, me pressa tendrement sur son cœur et me dit :

— « C'en est fait... Adieu, Ninon... adieu, ma fille bien-aimée!... Voici la mort, je la sens... Écoute mon conseil suprême. Tu le vois, il ne me reste que le souvenir des joies qui m'abandonnent. Leur possession n'a pas été de longue durée; c'est la seule chose dont je puisse me plaindre à la nature. Mais point de regrets, ils sont inutiles. Toi, Ninon, toi, ma chère enfant, qui as à me survivre un si grand nombre d'années, profite de bonne heure d'un temps précieux et sois toujours moins scrupuleuse sur le nombre que sur le choix de tes plaisirs... »

Il me donna son dernier baiser. Deux secondes plus tard il n'était plus.

Jamais philosophe des anciens jours ne brava plus intrépidement la mort.

Me voilà donc seule au monde!

Un instant contenue par la volonté de mon père, ma douleur n'en éclata que plus vivement. Je m'enfermai, après avoir rendu les derniers devoirs à celui que je venais de perdre, et je défendis ma porte pendant un mois.

Tous mes amis se récrièrent.

François se désola, Saint-Évremond se fâcha de nouveau; Gondi et Scarron m'écrivirent lettres sur lettres, en me disant que je devais, ne fût-ce que par piété filiale, suivre les conseils du défunt; mais je n'accueillis personne, je ne voulus répondre à aucun message et, pour en finir une bonne fois avec toutes ces persécutions, je résolus de voyager.

Faisant aussitôt mes préparatifs de départ, je congédiai mes domestiques, je fermai ma maison et je n'emmenai avec moi que la vieille nourrice de ma mère.

Je me décidais à gagner l'Allemagne par la Lorraine.

A huit jours de là, nous étions à Nancy.

V

Le soir même de notre arrivée, ma pauvre vieille Madeleine, qui approchait alors de quatre-vingts ans, se trouva toute brisée des fatigues du voyage.

Elle tomba sérieusement malade, et les médecins ne me laissèrent aucun espoir.

Bientôt elle mourut entre mes bras.

Dans un intervalle de six mois, j'avais vu Henri de Talleyrand périr sur l'échafaud; Buckingham succomber sous le poignard de Felton; ma tante, mon père et Madeleine, descendre dans la tombe, sans parler du chevalier de Baray dont la triste fin m'avait si vivement émue.

Tant de morts coup sur coup me frappèrent l'imagination.

Je me trouvais dans une ville inconnue, au milieu d'étrangers indifférents à mes chagrins. La tête me tourna. Pour la seconde fois je me réfugiai dans un cloître.

Il faut l'avouer, je n'avais pas été jusqu'ici très-religieuse, et certains points du dogme chrétien me semblaient inadmissibles.

Un jour, à l'hôtel de Rambouillet, j'avais eu à cet égard avec le père d'Orléans, jésuite célèbre, une discussion fort vive, au bout de laquelle je ne me sentis pas une plus ferme croyance. Désespérant de me ramener à la foi, mon théologien me dit de guerre lasse et avec une naïveté qui amusa les auditeurs :

« — Eh bien, mademoiselle, en attendant que vous soyez convaincue, offrez toujours à Dieu votre incrédulité! »

Mais les leçons terribles données par la mort firent sur mon esprit une impression que n'avaient pas obtenue les discours du père d'Orléans.

Au milieu des grands chagrins de la vie, où pouvons-nous aller chercher des consolations et de la force? où trouvons-nous un remède au désespoir? dans la religion. L'homme s'éloigne de tout ce qui souffre, Dieu seul accueille les larmes. Il n'est pas besoin d'autres preuves à l'appui du christianisme et de son institution divine.

J'étais entrée dans un couvent de Récollettes, ordre fort répandu en Lorraine et placé sous l'invocation de Saint-François.

Le nom de ces religieuses vient du mot latin *recollectus*, qui veut dire *recueilli*.

Elles me parurent, en effet, très-recueillies dans le Seigneur; il ne me semblait pas avoir vu chez les Ursulines du faubourg Saint-Jacques une piété aussi angélique et aussi sincère.

Tout d'abord je crus rencontrer dans la mère abbesse une amie véritable, dont l'affection reposa doucement mon âme.

Elle était jeune encore.

On voyait qu'elle avait dû être fort belle, et sa manière de me consoler dénotait une grande connaissance du monde.

Je compris qu'elle en avait expérimenté les périls.

— Ah! mon enfant, me disait-elle, restez avec nous; voyez comme nous sommes heureuses! Une paix constante est notre partage; toutes nos joies sont pures, et cette sainte retraite nous met à l'abri des orages du cœur. Vous avez trouvé le bercail, pauvre brebis égarée! croyez-moi, ne vous en éloignez pas.

Chaque jour elle m'exhortait à prendre le voile.

Mais, par malheur, je lui avais touché quelques mots de ma fortune, et je soupçonnai ses instances de ne pas être entièrement désintéressées.

Les autres religieuses faisaient chorus avec la supérieure; j'entendais une apologie perpétuelle du cloître.

En dépit de leurs vertus chrétiennes et de leur vœu de pauvreté, ces saintes personnes auraient vu sans déplaisir mes écus entrer dans la caisse du couvent.

Cette avidité maladroite produisit un effet contraire à celui qu'elles attendaient. Je résolus de profiter du premier prétexte qui s'offrirait de leur fausser compagnie.

Une circonstance singulière contribua bientôt à hâter cette résolution.

Ma cellule donnait sur une rue étroite et silencieuse.

La règle défendait expressément de regarder dehors, mais je ne me croyais pas soumise à la règle, et souvent je glissais l'œil au travers de mes barreaux, bien que la perspective ne fût pas des plus attrayantes.

J'avais devant moi des maisons noires, humides, dont les fenêtres s'ouvraient rarement et ne me montraient que la face décrépite de quelque vieille femme étalant du linge au soleil.

Un soir que, selon ma coutume, j'étais en train de violer la règle, j'entendis une voix d'homme, fraîche et sonore, chanter une barcarolle napolitaine.

La nuit tombait.

Un silence profond régnait aux alentours, et la lune qui venait de se lever jetait des rayons presque joyeux dans cette rue habituellement si triste et si sombre.

Pour la première fois je trouvai ma position insupportable.

Je me demandai pourquoi j'étais là , dans ce monastère, avec des nonnes, au lieu d'être chez moi, libre, heureuse, le luth à la main, chantant aussi par cette belle soirée et par ce clair de lune splendide.

Mon voisin continuait sa barcarolle.

La voix partait d'une fenêtre qui était juste en face de la mienne. J'écoutais le chanteur avec délices, cherchant à le découvrir et à voir son visage; mais il restait au fond de sa-chambre. Je ne pus satisfaire ma curiosité.

Tout à coup il se tut.

Je prêtai l'oreille; on venait d'ouvrir une porte, et j'entendis la conversation qui va suivre.

— Eh bien, dame Catherine, ma très-honorée gouvernante, me voici de retour.

— Oui, et j'en rends grâces au ciel, répondit une voix cassée. Tout le monde ici vous regrettait, monsieur Jacques. Vous avez été bien long dans ce voyage d'Italie.

— Que voulez-vous, dame Catherine? Rome, Naples et Florence ont des séductions que n'offrent pas nos froides cités du Nord.

— Ainsi vous avez vu le pape, monsieur Jacques?

— Parbleu !

— Et comment donc est-il?

— Comment il est? mais il a une bouche, des yeux, un nez, comme un autre.

— Je m'en doute. Seulement je vous demande s'il a bonne tournure.

— La peste soit de vos questions, dame Catherine! Ne savez-vous pas que les papes sont vieux et laids?

— Enfin l'essentiel est que vous soyez revenu, monsieur Jacques. Vous êtes, en vérité, toujours plus joyeux et plus joli garçon.

— Oui, je ne suis pas comme le pape! C'est ce que m'ont dit les Italiennes; mais je vous dispense de me le répéter, dame Catherine.

— Pourquoi?

— Parce que ces remarques sont déplacées à votre âge et avec votre figure. Demain, préparez mon pourpoint le plus neuf et mes chausses les plus présentables, car je dois rendre visite au château, où l'on est curieux de voir les richesses de mon portefeuille.

Là-dessus il reprit un couplet de sa chanson.

Je devinai qu'il se couchait.

— Dites-moi, dame Catherine, ai-je toujours devant ma fenêtre cet affreux visage de béguine, cette face maigre, ce museau de belette, cette chose sans forme et sans nom, couperosée, chargée de rides, que j'ai caricaturée si souvent

— Non, monsieur La cellule est habitée aujourd'hui par une jeune novice charmante.

— Peste! En êtes-vous sûre?

— Je vous l'affirme

— Quelle heureuse chance! Mon atelier, du moins, ne m'ennuiera plus comme autrefois La rose a remplacé le souci. N'oubliez pas, dame Catherine, de mettre demain le rideau vert : les novices sont pudiques de leur nature; il faut que je puisse étudier ce joli minois, sans trop l'effaroucher.

— Soit, monsieur Jacques; mais que ferez-vous d'une novice?

— Vous êtes curieuse, ma chère!

— Ces saintes filles sont en Dieu : vous perdrez votre temps et vos peines.

— On ne sait pas, dame Catherine, on ne sait pas! Nous verrons. Bonsoir.

Il fredonna de nouveau et s'endormit.

Certes, il en fallait beaucoup moins pour réveiller ma nature légère et me donner des idées dangereuses.

Aussi pourquoi ces dames les Récollettes avaient-elles des cellules ouvertes sur la rue?

Cette imprudence leur enleva une néophyte, qu'elles eussent fini peut-être par affubler de la guimpe, et leur fit perdre une dot qui pouvait monter à quelque chose comme trois cent mille livres, sans compter ma rente viagère.

Elles ont dû se consoler difficilement d'avoir manqué une si bonne aubaine.

Je rêvai du chanteur toute la nuit.

Au point du jour, j'étais à ma fenêtre, où je fis exprès un peu de bruit. Tout aussitôt il parut à la sienne.

En me voyant il ne put retenir un cri : était-ce un

cri d'admiration? J'eus l'amour-propre de le croire.

Quant à moi, je le lorgnai du coin de l'œil, et je reconnus avec plaisir qu'il était fort bien de son extérieur.

Il pouvait avoir trente ans.

On remarquait sur sa figure un cachet d'originalité fine et presque railleuse, qui me plut au dernier point et me prouva que mon voisin ne devait pas être un sot.

Je vis qu'il s'apprêtait à suspendre lui-même le rideau vert, craignant sans doute, comme il le disait, la veille, d'effaroucher ma candeur de novice. Mais cette manœuvre ne faisait plus mon compte.

Je me mis à le regarder franchement, naturellement, sans paraître ni troublée ni confuse.

Cela ne pouvait manquer de lui donner de la hardiesse. Il me salua, je lui répondis par un sourire.

A l'instant même le voilà tout de flamme.

Il se penche à la fenêtre et se dispose à m'adresser la parole. Je porte vivement un doigt sur mes lèvres : il comprend son imprudence, se retire et m'envoie un baiser.

Ce comble d'audace me fit baisser les yeux; mais involontairement je les relevai avec un autre sourire.

Alors il croisa les mains sur son cœur et m'adressa un long regard de reconnaissance.

Puis, il disparut un instant et revint avec des crayons et du papier. Au bout de quelques minutes, il me montra un croquis très-ressemblant, qu'il venait de faire de ma personne.

Je poussai une exclamation de surprise et je lui indiquai par signes que je désirais avoir ce croquis.

Il courut chercher une longue perche, se préparant sérieusement à me le passer d'une fenêtre à l'autre.

— Non! non! lui dis-je, en assourdissant ma voix : ce soir, quand la nuit sera venue!

Et je refermai ma fenêtre avec précipitation, car j'entendais marcher dans le voisinage.

Presque en même temps on frappait à ma porte.

J'ouvris.

C'était la supérieure.

Elle me demanda pourquoi je n'avais point assisté à matines.

— Mon Dieu, lui dis-je, une indisposition subite vient de me saisir, ma mère, et je crains de ne pouvoir suivre les offices de tout le jour.

— Prenez garde, ma fille! que votre ferveur ne se relâche point. Je vous ai obtenu de l'évêque du diocèse une grâce précieuse. Il vous dispense de toutes les longueurs du noviciat et vous autorise à prendre le voile sur-le-champ.

— Mais qui lui a demandé cette grâce, madame?

— C'est moi, chère fille, moi qui ai cru aller au-devant du plus vif de vos désirs. Me serais-je trompée?

— Oui, sainte mère. En me sondant la conscience, il

me semble que ma vocation n'est rien moins que certaine.

— Vous êtes dans l'erreur, chère fille, dans une erreur profonde.

— Il me semble pourtant que, seule, je dois être juge...

— Non pas! non pas! interrompit-elle. Mon devoir est de vous prémunir contre les piéges de Satan. Lorsqu'il nous voit prêtes à nous consacrer à Dieu, il redouble d'efforts et les tentations deviennent plus périlleuses. C'est à moi de vous sauver des griffes de l'esprit malin ; je vous en sauverai, ma fille.

— Qu'est-ce à dire, madame? Prétendez-vous me retenir ici de force ?

— Tous les moyens sont bons, quand il s'agit d'arracher une âme à l'enfer.

— Mais si je veux me damner! m'écriai-je.

— Je vous en empêcherai.

— Vous ?

— Moi-même.

— Voilà qui est fort !

— Calmez-vous, chère fille, calmez-vous. Dieu vous soumet à une épreuve. Ne craignez rien, vous en sortirez triomphante, et je vais mettre pour cela toutes nos sœurs en prière : leurs vœux réunis iront jusqu'au trône céleste, et Satan sera vaincu!

A ces mots, elle s'éloigna, non sans avoir eu soin de fermer la porte de ma cellule à double tour.

J'étais atterrée.

Ce qu'il y avait de plus inquiétant, c'est que l'abbesse me semblait de bonne foi dans son système de violence.

Elle me croyait sérieusement victime de quelque embûche du diable, et cela, joint à l'intérêt qu'elle avait de me conserver, me mettait fort en péril. Une révolte de ma part eût provoqué sur l'heure contre moi des mesures énergiques, et toutes les religieuses auraient eu la conviction d'agir pour la plus grande gloire de Dieu.

Mon unique resource était donc en ce jeune inconnu, sur le cœur duquel j'avais paru faire une impression si vive.

La supérieure revint.

Je dissimulai de mon mieux, reconnaissant avec elle que le diable pouvait bien être pour beaucoup dans mon changement d'avis, la remerciant des prières qu'elle ordonnait pour moi et la conjurant de me laisser à mes méditations.

Avant de partir, elle m'insinua que je ne ferais pas mal de revêtir un cilice et de m'administrer quelques coups de discipline.

— Je vous remercie du conseil, ma mère, lui répondis-je d'un air contrit, et je vais le suivre.

Elle me quitta.

J'écoutai le bruit de sa marche dans les corridors, et, quand elle fut loin, je me hâtai d'ouvrir la fenêtre.

La nuit commençait à descendre.

Mon amoureux était à son poste.

Il commença par se servir du moyen de communication qu'il avait trouvé et me passa le croquis au travers des barreaux, avec une lettre brûlante.

Mais j'en parcourus à peine les premières phrases, et je lui envoyai rapidement ces deux lignes par le même courrier :

« On me retient de force dans ce monastère : sauvez-moi, monsieur, sauvez-moi! et comptez sur ma reconnaissance! »

Il me répondit aussi vite et plus laconiquement :

« C'est facile. A minuit, deux barreaux descellés, une échelle de corde, et vous êtes libre.

Aussitôt il disparut, sans doute pour s'occuper de tous les préparatifs nécessaires à ma fuite.

Je ne voyais plus de clarté dans sa chambre, et le temps me sembla d'une longueur extrême. La nuit était sombre. Collée à mes barreaux, j'interrogeais les ténèbres et j'écoutais avec anxiété toutes les horloges de la ville qui l'une après l'autre sonnaient lentement les heures. Je croyais n'en jamais finir avec cette éternelle attente.

Enfin le premier coup de minuit se fit entendre.

Presque aussitôt un signal frappa mon oreille.

Je m'aperçus, en tâtonnant dans l'ombre, que mon voisin me passait au bout de sa perche une échelle de corde, dont je fixai solidement l'une des extrémités à ma fenêtre, laissant ensuite tomber l'autre dans la rue.

Le reste ne fut pas long.

Bientôt je sentis qu'on montait à l'échelle.

— Est-ce vous? murmurai-je frémissante.

— C'est moi... Chut!... ne troublons le repos de personne.

Il saisit une de mes mains sur laquelle il appuya passionnément ses lèvres. Puis j'entendis comme un grincement d'acier sur du fer.

— Que faites-vous ? demandai-je avec crainte.

— Ne vous en inquiétez pas.

— Ce bruit va donner l'éveil.

— Diable!... Il faut pourtant scier les barreaux.

— Si je roulais mon lit contre la porte ?

— Fameuse idée, roulez vite!

En un clin d'œil, la chose fut faite.

Mes chaises et ma table servirent encore à fortifier la barricade; mais ce remue-ménage était de nature à réveiller tout le couvent.

J'entendis des pas dans les corridors.

— On vient! m'écriai-je.

— N'ayez pas peur. Si c'est la mère abbesse, elle arrivera trop tard.

Effectivement, les barreaux étaient descellés. D'un bond, le jeune homme s'élança dans ma cellule.

— Vite! s'écria-t-il, partez la première!

Démasquant aussitôt une lanterne sourde, il éclaira ma descente, qui fut on ne peut plus heureuse.

Il opéra la sienne après moi sans le moindre obstacle.

A peine touchait-il le pavé de la rue, que nous entendîmes un grand bruit au-dessus de nous.

Les nonnes venaient de forcer la barricade, et je reconnus à ma fenêtre le visage consterné de l'abbesse.

— Adieu! lui criai-je, adieu, sainte mère! Je n'ai pas de goût pour le cilice, et je renonce aux douceurs de la discipline. Quant à vous, renoncez à ma dot, et croyez-moi toujours votre humble servante!

L'instant d'après, j'étais dans la chambre de mon libérateur, où dame Catherine, réveillée en sursaut, vint me regarder avec de grands yeux ébahis.

— Maintenant, mademoiselle, dit le jeune homme en me saluant avec beaucoup de grâce, il est bon que vous sachiez à qui vous avez affaire. Je me nomme Jacques Callot; je suis dessinateur et graveur. Depuis deux jours seulement, je suis revenu dans ma ville natale, après avoir été en Italie étudier les grands maîtres.

— Et, moi, monsieur, dis-je à mon tour, je m'appelle Ninon de Lenclos. Je suis Parisienne, j'ai de la fortune et quelques amis : croyez que je ne laisserai pas sans récompense le service que vous venez de me rendre.

— Oh! mademoiselle, je serai trop payé par un regard, par un sourire!

— Vous n'êtes pas ambitieux?

— Pardonnez-moi, puisque je désire vous plaire.

Mais après toutes les émotions de cette nuit, vous devez avoir besoin de repos. Je vous laisse. Acceptez, je vous prie, dame Catherine pour femme de chambre, et permettez-moi de venir, à votre réveil, savoir comment vous avez passé la nuit.

Il me quitta.

Le lendemain, je le priai de m'accompagner dans la ville. Je louai tout auprès du château des ducs de Lorraine une petite maison fort commode, où je priai mon libérateur de ne pas m'épargner ses visites.

Bientôt nous fûmes aussi grands amis que possible.

Jacques était d'une gaieté folle et d'un esprit petillant.

Il transporta chez moi son atelier.

Nous passions ensemble des heures délicieuses. Je le regardais travailler à l'eau forte et au burin. Ses planches étaient d'une perfection rare, et je puis dire qu'il n'existait pas à Paris, à cette époque, un artiste aussi consommé dans l'art du dessin et de la gravure.

Il me montra de véritables chefs-d'œuvre qu'il avait exécutés en Italie.

Je citerai principalement une *Vierge* d'après André del Sarto, un *Ecce Homo* d'après Vannius, la *Tentation de saint Antoine*, gravée à Florence, et la *Grande foire de la Madone de l'Imprunette*.

Ces deux dernières gravures surtout sont d'une originalité de détails on ne peut plus agréable et d'une expression très-divertissante.

Jacques passa plus d'une année sur chaque planche. L'eau forte ayant manqué dans beaucoup d'endroits, il fut obligé de rétablir toutes les lacunes au burin.

Souvent il m'avait promis de me raconter son histoire, qu'il disait fort curieuse; je le sommai un jour de tenir parole.

— Très-volontiers, me dit-il. D'abord je vous apprendrai une chose que je n'ai pas cru nécessaire de vous révéler jusqu'à ce jour, attendu que je n'accorde à un parchemin qu'une médiocre importance.

— Ah! vous êtes noble?

— Oui. Ma famille porte d'azur, à cinq étoiles d'or en sautoir.

— Je comprends, monsieur, votre dédain pour un écusson : vous savez que la véritable noblesse est celle que le talent donne.

— Aussi tâcherai-je de la conquérir.

— Pour vous, Jacques, cette conquête n'est plus à faire.

— Flatteuse!

— Vous me répétez du matin au soir que je suis jolie : pourquoi ne dirais-je pas que vous êtes un grand artiste? Un de nous, par hasard, mentirait-il?

— Ce n'est pas moi, Ninon.

— Ni moi, mon ami. Donc, nous sommes dans le vrai l'un et l'autre. Continuez votre histoire.

— Mon père, qui tenait à me donner beaucoup d'éducation, reprit-il, me livra dès l'âge le plus tendre à des professeurs, qui m'assommèrent de leur science, mais ne purent m'en insinuer la moindre bribe dans la cervelle. Crayonner sur les murs ou sur mes livres était mon unique occupation. J'avais saisi dans la bibliothèque de mon père une histoire des *Monuments de Rome* qui m'avait complétement tourné la tête. Je rêvais chaque nuit que j'étais au Vatican ou à la chapelle Sixtine, à examiner les fresques de Raphaël et de Michel-Ange.

Tout cela me faisait trouver mes professeurs insipides et ridicules avec leurs rabâcheries scolastiques.

Au lieu de les écouter, je passais mon temps à faire leur caricature.

Surpris, un jour, au moment où je décorais mon maître de grammaire d'un nez fabuleux, on me chassa de la classe et on fit prévenir mon père de mes admirables dispositions pour le dessin.

La peur me talonna.

Au lieu de rentrer à la maison paternelle, je me sauvai du côté de la porte Saint-Nicolas, et bientôt je courus à toutes jambes sur la route de Lunéville.

J'avais douze ans, quelques pièces de monnaie en bourse et une mauvaise tête : on peut avec cela aller fort loin.

J'allai jusqu'à Rome.

— Est-ce possible ?

— Mon histoire est un roman ; je vous ai prévenue,

ma chère. Comme je vous le disais, je courais donc du côté de Lunéville. Au bout d'une heure, je perdis de vue les clochers de Nancy et je me reposai sur un tertre de la route, afin de compter la somme exorbitante que j'avais en poche.

Ma bourse contenait un écu de six livres, un petit écu et quatorze sous de monnaie de billon.

Je regardais mes espèces et je les faisais sonner avec délice, quand tout à coup une main brutale saisit la mienne, et une voix rauque me cria sur un ton de menace :

— Où as-tu pris cet argent, petit voleur?

Levant les yeux, je me vis en présence d'un homme déguenillé, qui portait un bâton noueux, et dont la figure était presque entièrement envahie par une barbe immonde.

Cet homme s'empara de l'écu de six livres, du petit écu, voire des pièces de billon et fourra le tout dans une besace pendue à son côté.

— Mais, lui dis-je, cet argent m'appartient.

— Raison de plus pour me le donner, j'en ferai meilleur usage que toi.

— Alors c'est vous qui êtes un voleur.

— Je ne dis pas le contraire.

— Voulez-vous me rendre ma bourse! criai-je tout furieux, en me dressant pour lever le poing à la hauteur de son visage.

Il se mit à rire aux éclats.

— Eh! eh! s'écria-t-il, le petit bonhomme ne manque pas de courage! Où vas-tu comme cela, mon ami?

— Je ne suis pas votre ami!

— Tu le deviendras peut-être. Réponds toujours.

— Je vais tout droit devant moi.

— Diable! alors tu peux voyager avec nous.

— Rendez-moi ma bourse, vous dis-je!

— C'est inutile, puisque tu vas être notre compagnon de route.

A ces mots, il me saisit le bras de son poignet d'acier et m'entraîna, malgré mes cris et ma résistance, vers un bois voisin.

Je me croyais sérieusement perdu, lorsque nous arrivâmes au milieu d'un taillis, où une dizaine d'hommes et autant de femmes s'occupaient à faire rôtir un chevreau devant un grand feu de branches de chêne.

Depuis le matin, je n'avais rien mangé.

L'odeur du rôti me le rappela brusquement, et ce fut sans trop de déplaisir que j'entendis mon étrange conducteur dire à la troupe dont il semblait être le chef:

— Allons, enfants, il faut, ce soir, une place de plus à la table et au foyer. Je vous amène un convive.

— Où as-tu rencontré ce marmot? demandèrent les hommes.

— Sur le grand chemin.

— Mais, dit l'une des femmes, on voit qu'il a pleuré,

Piétro? Je crains qu'il ne t'ait pas suivi de bon cœur.

— C'est vrai, Ginetta : console-le, ma chère, et que cela finisse!

Il me poussa vers celle qui venait de parler, jeune fille d'environ quinze ans, très-brune de peau, mais dont les yeux brillaient comme des étoiles et dont les dents étaient les plus belles du monde.

— Jacques! Jacques! osiez-vous bien, à l'âge de douze ans, faire de pareilles remarques? lui dis-je en éclatant de rire.

— Oui, ma chère, j'étais fort précoce. A la fin du dîner, qui eut lieu sur la mousse, les charmes de Ginetta m'avaient embrasé le cœur, et son jargon mi-français et mi-italien résonnait à mon oreille comme la musique la plus délicieuse.

Elle me fit raconter mon histoire et s'écria, lorsque je fus au bout :

— Ma foi, tu serais bien sot de retourner chez ton père! Reste avec nous. Je te ferai rendre ton argent par Piétro; tu achèteras des crayons et tu dessineras pendant les haltes.

— Mais où me conduirez-vous, Ginetta?

— En Italie, me répondit-elle.

— En Italie! C'est là précisément que je voulais aller.

— Bon! ça se trouve à ravir. Seulement, comme il faut que tu te rendes utile à la troupe, je te charge de faire la quête avec mon tambour de basque, toutes les fois que je danserai dans quelque foire. Est-ce convenu?

— C'est convenu ! m'écriai-je.

Elle m'embrassa pour sceller le pacte, et me voilà bel et bien affilié à une horde de bohémiens, qui ne vivaient que de rapines, et dont les baillis des villes que nous traversions diminuaient parfois le nombre, en attachant à une potence ceux qui se laissaient prendre en flagrant délit de vol.

Piétro ne manquait jamais de recruter tous les vauriens et tous les vagabonds qu'il rencontrait sur la route, afin de remplacer avantageusement les membres qui étaient ainsi restés en arrière.

J'avais quelque honte de voyager en aussi mauvaise compagnie ; mais les beaux yeux de Ginetta m'aidaient à passer sur bien des choses, et Rome, que je voyais en perspective, achevait de me faire oublier ma famille.

Nous gagnâmes la Suisse par Colmar et Mulhouse.

Un mois après, nous étions à Turin et nous nous disposions à nous rendre à Florence, lorsque cet ignoble Piétro eut tout à coup la fantaisie de repasser les Alpes et d'aller exploiter le midi de la France.

Je voulus me révolter et décider Ginetta à faire bande à part.

On découvrit le complot, j'eus cruellement à m'en repentir.

Piétro me lia les mains, m'attacha des cordes aux jambes, de façon à me permettre de marcher tant bien que mal, mais à m'empêcher de courir, et m'ordonna de suivre la troupe dans ce bel état.

J'allais me coucher sur le chemin et me faire tuer plutôt que d'avancer d'une ligne, lorsque ma jolie bohémienne eut l'adresse de se glisser près de moi et de me dire à voix basse :

— Courage!... A cette nuit!

Évidemment, elle avait un projet de délivrance. Mais quel projet? Comment pourrait-t-elle réussir à le mettre à exécution?

Vint la halte du soir.

On alluma des feux au bord du Pô, dont nous avions remonté la rive gauche.

Ginetta, pendant le souper, causa, plaisanta, fut d'une gaieté folle; elle ne fit pas la moindre attention à ma triste personne, et les bohémiens furent pris à cette ruse.

Ils se grisèrent et s'endormirent.

Quelques femmes restèrent plus tard que de coutume, raccommodant leurs guenilles à la lueur des tisons qui brûlaient encore.

Je donnais de grand cœur au diable ces bonnes ouvrières.

Enfin le foyer s'éteignit.

Un ronflement général se fit entendre, et bientôt une ombre s'approcha de moi.

— C'est vous, Ginetta? murmurai-je.

— Silence! me dit-elle.

— Piétro dort ?...

— Oui; mais il n'est pas le seul à craindre. Réveille un de nos brigands et tu ne verras jamais Rome.

Je ne soufflai plus mot.

La jeune fille coupa mes liens, me fit lever sans bruit et m'entraîna loin de la troupe qui ronflait toujours.

— Maintenant, dit-elle, il s'agit de courir et de courir vite, afin d'être loin quand ils se réveilleront. Je me sacrifie pour toi, Jacques : tant pis s'ils me rattrapent un jour! Tu nous as suivis dans l'espoir d'aller à Rome, il est juste que je t'y conduise.

— O Ginetta, ma bonne Ginetta, que je t'aime!

— Je voudrais bien voir qu'il en fût autrement! me dit-elle avec ce petit air mutin qui la caractérisait. Mais nous causerons de ces choses-là plus tard. En route!

—

VI

— La bohémienne avait des jambes de biche, poursuivit Jacques.

Au point du jour, nous rentrions tout essoufflés à Turin, ce qui n'empêcha pas la courageuse bohémienne de danser sur la place Saint-Charles, déjà couverte de monde, et où elle reçut quelques pièces de monnaie des paysans qui, à cette heure, apportaient des légumes au marché de la ville.

Une fois la quête terminée, nous déjeunâmes et nous prîmes la route d'Alexandrie.

Nous y arrivâmes le surlendemain, à la nuit tombante, mais encore assez tôt pour que ma compagne pût danser à la porte du théâtre et faire une recette, qui nous permit enfin de nous reposer de nos fatigues.

Dès lors, nous nous crûmes à l'abri des poursuites de Piétro, et nous nous dirigeâmes tranquillement et à petites journées sur Florence.

Je ne rougis pas de l'avouer, ce premier pèlerinage avec ma brune bohémienne au milieu des belles campagnes d'Italie est un de mes plus chers et de mes plus doux souvenirs.

Pendant la grande chaleur du jour, nous entrions dans quelque bois d'orangers, où nous nous couchions l'un près de l'autre.

C'était l'heure des confidences et des caresses.

J'aimais Ginetta, comme on peut aimer une femme à douze ans, c'est-à-dire avec la plus entière ignorance et la plus parfaite candeur.

L'espiègle danseuse était plus instruite que moi. Je me rappelle aujourd'hui certains soupirs et certaines extases, dont je ne me rendais pas compte alors et qui auraient fini par éclairer mon inexpérience, si notre séparation n'avait pas été si prompte.

Au sortir d'Alexandrie, nous avions gagné tour à tour, elle dansant, moi quêtant, Tortona, Bobbio, Parme, Carrare, Lucques et Florence.

Nous étions depuis quinze jours dans cette dernière

tille, l'une des plus belles du monde et des plus riches en objets d'art.

Ginetta, qui trois ou quatre fois avait parcouru l'Italie avec sa troupe nomade, connaissait parfaitement Florence. Elle me servait de cicerone et de guide. Je pénétrais avec elle dans les palais, dans les églises, partout où il y avait une statue à admirer, un tableau à voir. J'étais heureux, je cherchais à dessiner les chefs-d'œuvre qui frappaient mes regards.

Les premiers essais de mon crayon furent d'abord informes, mais peu à peu ils se perfectionnèrent.

Un jour que la bohémienne était en train de nous gagner notre dîner, en pirouettant à la porte du palais Pitti, je pénétrai dans les galeries splendides de cet édifice, que j'avais déjà parcourues, la veille, et où j'avais remarqué un magnifique *Crucifiement* du Tintoret.

J'achevais l'esquisse de ce tableau, quand je me sentis frapper amicalement sur l'épaule.

Me retournant tout surpris, je me trouvai en face d'un officier couvert de dorures, qui me donna son adresse écrite et me dit de l'aller trouver, le soir même, au château du grand duc.

— Vous avez de belles dispositions, mon enfant, me dit-il : ce serait dommage de ne pas les cultiver. Dorénavant il ne faut plus travailler sans maître. N'oubliez pas de me rendre visite, je me charge de votre avenir.

Il me fit un signe de la main et disparut.

J'allai rejoindre ma compagne à la porte du palais.

— Fais la quête, me dit-elle.

— Bah! répliquai-je, à quoi bon? Maintenant notre fortune est assurée.

Comme elle ne semblait pas trop me croire, je me hâtai de tendre à la ronde le tambour de basque, où l'on me jeta quelques carlins *, et j'entraînai la danseuse pour lui raconter mes espérances.

Nous traversions, en ce moment, un pont jeté sur l'Arno.

Tout à coup je me sentis saisir à la nuque avec une violence extrême, et une voix, dont je reconnus le timbre formidable, se mit à crier :

— Je te retrouve donc enfin, scélérat, je te retrouve!... Ah! tu nous ruines? Ah! tu nous emmènes Ginetta, notre gagne-pain, notre fortune, la perle de la troupe? Et tu crois que je ne vais pas t'envoyer faire un tour dans l'Arno, la tête la première, tu crois cela, dis!

C'était le terrible Piétro.

Saisie de frayeur à son aspect, ma chère danseuse avait pris la fuite.

Je ne devais plus la retrouver que huit ans plus tard et dans une situation bien différente.

Le bohémien me secouait avec fureur.

* Monnaie italienne.

(*Note de l'éditeur.*)

Je voyais le moment où il allait accomplir sa menace, lorsque le ciel amena soudain à mon secours ce même officier qui avait admiré mon esquisse.

— Pourquoi frappez-vous cet enfant? demanda-t-il à Piétro.

— Cela me regarde, repartit le brutal. Allez au diable!

A cette réponse incongrue, l'officier qui n'était pas endurant, saisit le bohémien par ses haillons, le balança quelque temps au-dessus du parapet, puis l'envoya lui-même au milieu du fleuve, où il exécuta le plus magnifique plongeon qui se puisse voir.

Fort heureusement pour lui, Piétro savait nager, de façon qu'il eut promptement gagné la rive.

Mais il se garda bien de revenir chercher querelle au robuste officier qui, tout fier de son exploit, m'emmena dans le logement somptueux qu'il occupait au palais de Cosme de Médicis, grand-duc de Toscane.

L'éblouissement où je fus d'abord m'empêcha de songer à ma pauvre Ginetta.

Mais je ne pouvais l'oublier longtemps et je suppliai mon protecteur de me laisser aller à sa recherche.

Il me donna deux robustes valets pour m'accompagner, dans la crainte d'une nouvelle attaque de Piétro.

Hélas! toutes mes courses dans Florence furent inutiles!

Je ne trouvai Ginetta nulle part, ni dans le taudis que

nous habitions près de l'archevêché, ni sur les places, ni dans les carrefours.

L'affreux bohémien l'avait sans doute rejointe, et la malheureureuse fille était rentrée sous sa domination.

Voilà du moins ce que je supposais.

Je revins au château, le désespoir dans l'âme.

Mon généreux officier me consola et fit appeler, le jour même, un professeur de dessin, aux soins duquel je fus recommandé chaudement.

Il signor Ambrosio da Chiamonte cherchait tous les moyens possibles de faire sa cour au grand-duc.

A l'exemple de Cosme de Médicis, il encourageait les arts, et quand il avait réussi à faire un artiste hors ligne, il le présentait à son maître, dont la munificence le récompensait noblement de ses efforts.

Je ne dis pas cela pour diminuer le mérite du seigneur Ambroise de Chiamonte, ni lui enlever la moindre part de la reconnaissance que je lui dois.

Il est une chose que je n'oublierai de ma vie, c'est son affabilité touchante. J'étais traité chez lui comme son fils.

Après avoir reçu pendant environ huit mois les leçons de Jules Parigi, le plus célèbre dessinateur de Florence, j'avais fait de si merveilleux progrès que l'officier du grand-duc me dit :

— Maintenant, Jacques, tu peux aller à Rome et y perfectionner tes études. Voici trente florins; ménage cette somme en attendant que ton crayon puisse te nourrir et, lorsque les maîtres n'auront plus rien à t'apprendre, reviens à Florence, je te présenterai à monseigneur.

Il avait fait payer mon passage sur un bâtiment de Livourne. Je m'embarquai le lendemain, et à deux jours de là, j'entrais au port d'Ostie.

J'approchais donc enfin de Rome; j'allais voir cette antique maîtresse des nations, qui a déposé son diadème pour en reprendre un autre plus éclatant, celui des arts, et qui, le front ceint, en outre, de l'auréole chrétienne, reste à double titre la reine du monde!

L'âme joyeuse, le cœur plein d'enthousiasme et d'espoir, je remontais la rive du Tibre.

Bientôt j'aperçois les douze collines et les remparts de la ville sainte.

Ma poitrine bat avec force, des larmes inondent mes yeux; je presse le pas et j'arrive à la porte del Popolo.

Tout à coup, au moment où je me préparais à franchir cette porte, j'entends crier à mes oreilles :

— Eh! parbleu, c'est Jacques!

— Holà, petit, ne passe pas si fier!

— On salue au moins les compatriotes.

— Est-ce que tu refuses de nous reconnaître? Je suis Joseph Perrachon.

— Et moi Nicolas Voiry.

— Et moi Jérôme Denizot.

— Tous voisins de ton père. Arrête! arrête un peu, que diable!

Je fuyais à toutes jambes, car, aux exclamations de ces gens-là, l'effroi m'avait saisi. Mais ils coururent après moi et m'eurent bien vite rejoint.

— Ah! tu veux nous échapper, vagabond! me dirent-ils tout en colère.

— Sois tranquille, nous ne te lâcherons pas!

— Tu reviendras à Nancy avec nous.

— Messieurs, au nom du ciel, messieurs, laissez-moi! criai-je en joignant les mains avec désespoir, je ne veux pas retourner à Nancy, c'est impossible...

— Ah! c'est impossible? Nous allons voir!

L'un d'eux me souleva d'un bras robuste et me lança dans une de leurs voitures, où bientôt il fut obligé de me garrotter, car à chaque instant je menaçais de me précipiter sous les roues.

Ni mes cris, ni mes prières, ni mes larmes ne purent les fléchir.

C'étaient trois marchands forains, qui avaient poussé leurs excursions jusqu'en Italie.

Un destin fatal les jetait sur ma route.

Ils s'en retournaient alors, et pour tout au monde ils ne m'eussent pas laissé libre, persuadés qu'ils rendaient à mes parents et à moi-même le plus éminent service.

J'essayai cent fois, mais en vain, de leur échapper. Constamment ils étaient sur leurs gardes, et chaque tentative de fuite me valait une correction, qu'ils m'administraient sans gêne, convaincus toujours d'avoir l'approbation de ma famille.

— Ainsi, mon pauvre ami, lui dis-je, ils vous ramenèrent en Lorraine ?

— Oui, jugez de ma fureur ! Ils m'avaient pris aux portes de Rome, et je n'avais seulement pas eu la satisfaction d'entrer dans la ville.

— En effet, c'était bien dur.

— Quand nous arrivâmes, le premier mouvement de mon père et de ma mère fut de m'embrasser de tout cœur; mais la réflexion vint après cet élan de tendresse, et le chapelet des remontrances n'en finit plus.

On me livra de nouveau à mes pédants de collége.

Mon père déclara qu'il n'entendait pas qu'un de ses fils (j'étais le plus jeune) dérogeât au point de choisir le métier d'artiste.

Il ne me restait plus d'autres ressources que la dissimulation.

Les trente florins de l'officier du grand-duc étaient encore en mon pouvoir : je les avais soigneusement cachés, dans l'espérance qu'ils me serviraient un jour.

Deux années se passèrent.

Mes parents me croyaient entièrement guéri de ma passion des voyages. On n'exerçait plus sur moi la moindre surveillance.

J'avais grandi, j'étais fort.

Par une belle matinée d'août, je pris de nouveau la clef des champs et je fis quinze lieues d'une seule haleine, ayant soin de choisir une route sur laquelle on ne s'aviserait pas de me poursuivre.

Je gagnai la Franche-Comté par Épinal et, deux jours après mon départ, je prenais à Gray le coche d'eau qui devait me faire descendre la Saône, joindre le Rhône à Lyon et, de là, me conduire jusqu'à Valence.

De Valence, je me dirigeai vers les Alpes, que je traversai par ce fameux passage creusé en plein roc dans les flancs du mont Viso.

Quarante-huit heures après, je revoyais Turin.

Mais jugez de mon malheur!

La première personne que j'aperçus dans les rues de la ville fut un de mes frères.

— Ah! mon Dieu!

— Oui, mon frère aîné, que le duc de Lorraine avait envoyé en Espagne, avec un message diplomatique pour le ministre de Philippe III. Devais-je m'attendre à le trouver à Turin?

— Non certes. Quel hasard pouvait l'y conduire?

— Son Excellence le duc de Lerme voyageait alors en Italie. Mon frère, ne le rencontrant pas à Madrid, avait dù se mettre sur ses traces. Il venait de s'aboucher avec lui en Toscane.

— Je devine le reste.

— Oui... Sa mission était terminée; il s'apprêtait à retourner en Lorraine.

— Et, pour la seconde fois, on vous remmena de force à Nancy?

— Hélas! je dus le suivre! Il avait dix ans de plus

que moi, je le craignais autant que mon père *.

— Vraiment, cher ami, si vous êtes devenu bon dessinateur et graveur distingué, votre famille ne doit pas s'en attribuer le mérite.

— Je l'avoue, me répondit Jacques. Après ma seconde escapade, on me fit un accueil qui n'avait aucun rapport avec celui que reçut, dit-on, l'*Enfant Prodigue*. Au lieu de me revêtir d'habits de fête, de tuer le veau gras, d'appeler des violons, on me couvrit d'une misérable houppelande et l'on m'enferma dans une espèce de cachot, avec des livres et du pain sec.

Je n'avais de nourriture plus substantielle que les jours où mes versions étaient veuves de contre-sens et mes thèmes exempts de solécismes, ce qui, vous le devinez à merveille, n'arrivait qu'à de très-rares intervalles.

J'enrageais.

Mais la fenêtre de ma prison était garnie de solides barreaux, et je n'avais pas d'instrument pour les scier, comme, depuis, j'ai fait des vôtres, ma chère.

Un soir, j'entendis un grand tumulte dans la rue.

C'était le duc Henri qui revenait de la chasse.

Une idée pleine de hardiesse me traverse le cerveau. J'ouvre ma fenêtre avec fracas et je crie de toutes mes forces :

* Voir pour l'authenticité de tous ces détails, l'*Histoire de Lorraine*, par dom Calmet. — Tome IV, aux Notices par ordre alphabétique, — article JACQUES CALLOT. (*Note de l'éditeur.*)

— A moi!... au secours!... Justice! justice, monseigneur!

Le duc s'arrête étonné.

Vainement mon père, honteux de ce scandale, le supplie de poursuivre sa route, après avoir fait de moi une apologie fort peu capable d'intéresser le prince à mon sort.

Son Altesse lui impose silence et veut m'entendre.

On m'amène, je me précipite à ses genoux; mes larmes l'émeuvent. Bref, le duc ordonne qu'on me laisse libre et me promet solennellement de m'attacher à la suite d'un ambassadeur qu'il doit envoyer au pape.

O inconstance et fragilité du jugement des hommes!

Sur cette promesse du prince, voilà toute ma famille dans le ravissement.

On m'embrasse, on me flatte, on me cajole, on me dispose un trousseau magnifique, et je pars, cette fois, en véritable triomphateur, avec deux domestiques à mes trousses, comme il convient à un gentilhomme, à un fils de bonne maison.

Depuis cinq ans, dans les prières que j'adressais à Dieu matin et soir, je lui demandais pour toute grâce de pouvoir apprendre mon art et de ne mourir qu'après mon huitième lustre révolu *, afin de laisser du moins sur terre quelque trace de célébrité.

* Dom Calmet fait mention de ce vœu de Jacques Callot, qui mourut effectivement, dit-il, à l'âge de quarante-trois ans. (*Note de l'éditeur*.)

Une partie de mon désir se réalisait déjà.

Rome, la ville de mon cœur, m'accueillit enfin dans ses murs et me donna la clef de tous ses trésors.

Au bout de trois ans d'études et de travaux continuels, je revins montrer au duc, mon souverain, que j'étais digne de sa bienveillance.

Il admira mes albums et voulut en multiplier les plus belles pages par la gravure.

Mais l'art de reproduire une œuvre au moyen de l'eau-forte n'avait, à Nancy même, que des disciples malhabiles. Je ne voulus pas confier à d'autres le soin d'un travail de cette importance et je retournai pour la quatrième fois en Italie, afin d'apprendre les secrets de Philippe Thomassin, le premier graveur de l'époque.

C'était un compatriote.

Né à Troyes en Champagne, il avait toujours pensé comme moi qu'on ne pouvait se former véritablement que dans la patrie des arts.

Je reçus de Philippe Thomassin un accueil affectueux et rempli de bienveillance.

Il ne me fit mystère d'aucune de ses découvertes et m'apprit en quelques mois tout ce qu'il devait à des recherches infinies et à une longue étude des choses.

— A quoi bon te faire languir? me disait-il avec cette touchante et cordiale familiarité d'artiste dont il m'avait honoré tout d'abord. D'autres profiteraient de ton inexpérience pour te donner plus de leçons et pour te les compter double; mais loin de moi ces calculs! D'ailleurs je suis riche et j'ai une femme charmante qui m'invite au repos.

— Eh quoi! maître, fis-je avec surprise, vous êtes marié ?

— Tu ne t'en dodtais guère, me dit-il en riant.

— Non, certes; et même je ne comprends pas votre silence à cet égard.

— Lorsque ma femme n'est pas ici, continua Philippe, je n'ai qu'un moyen de consolation, c'est de ne parler jamais d'elle et d'y penser le moins souvent possible; autrement je ne vivrais plus.

— Voilà qui est bizarre, maître.

— Cela te fait rire?... J'agis au rebours de tous les amoureux de la terre.

— En effet.

— Mais que veux-tu, Jacques, on ne change pas sa nature. Oui, je suis marié, marié depuis deux ans avec un ange de beauté et de vertu, que j'ai trouvé jadis à Florence dans la situation la plus déplorable.

— A Florence! m'écriai-je, tressaillant malgré moi.

— Oui... Quel nouveau sujet de surprise trouves-tu à cela?

— Aucun, maître. Poursuivez, de grâce.

— Il y a huit ans environ, reprit Philippe, j'habitais cette ville, où je gravais les dessins de Jules Parigi.

— Huit ans!... vous avez dit huit ans?... Mais j'y étais alors!

— En ce cas, tu as pu connaître une jeune bohémienne
i dansait dans les carrefours.

— Une bohémienne!

— Il est très-possible que tu l'aies rencontrée. La
isère de cette pauvre fille était extrême .. Ah çà, mais
'as-tu donc?

— Moi?... rien... ou du moins peu de chose.

— Tu pâlis, je t'assure.

— L'odeur de cette eau-forte sans doute... Je l'ai
prudemment laissée dans mon voisinage, et cela me
nne une espèce de défaillance... Mais c'est déjà passé...
ous disiez, maître?

— Je te demandais si tu avais connu à Florence une
nseuse appelée Ginetta...

— Ginetta?... Je cherche dans mes souvenirs... Non,
cidément je ne l'ai point connue, répondis-je avec
fort.

— Tant pis, car tu aurais renouvelé connaissance
ec elle.

— Avec cette bohémienne?

— Parbleu! puisque c'est ma femme.

— Votre femme!

Le cœur me battait à rompre ma poitrine, et si Phi-
ppe eût été d'un caractère soupçonneux, il aurait aisé-
ent deviné la cause de mon trouble.

— Oh! reprit-il, c'est toute une histoire! Figure-toi
ie je trouvai cette malheureuse enfant aux prises avec

une sorte d'écumeur de grande route, qui voulait l'entraîner de force hors de Florence.

— Vraiment ?... C'est étrange ! balbutiai-je, la tête moitié perdue, et voyant passer devant mes yeux l'image du farouche Piétro.

— Elle pleurait à chaudes larmes, poursuivit le graveur. Son désespoir m'émut tellement que je donnai cinquante florins au bandit pour le décider à renoncer aux droits qu'il prétendait avoir sur elle.

— Mais elle s'était donc soustraite à l'autorité de cet homme ?

— Oui, en compagnie d'un autre enfant, que le misérable avait déjà rattrapé, disait-il.

— Ah ! il disait cela ?

— Bien plus, il affirmait l'avoir noyé dans l'Arno, le matin même.

— Ce devait être alors la principale cause des pleurs de la bohémienne ? demandai-je, sans remarquer l'imprudence de mes paroles.

Heureusement Philippe était à cent lieues du soupçon.

— Tu l'as dit, répliqua-t-il. Je partais pour Naples, et j'emmenai Ginetta avec moi. Douée d'une franche et bonne nature, son existence vagabonde ne l'avait pas trop gâtée.

Je la mis en pension chez des religieuses, dont elle ne se sépara que cinq années après pour devenir ma femme. Mais alors elle n'était plus reconnaissable, et jamais on ne se fût douté de son origine. Quand elle est à Rome, toutes les dames nobles la recherchent et l'invitent à leurs fêtes; c'est une de nos *signora* les plus distinguées.

Je fis un nouvel effort sur moi-même et je réussis à dire au graveur avec assez de calme :

— En vérité, maître, je ne m'explique pas comment il vous est possible de vivre loin d'une personne que vous annoncez comme aussi charmante.

— Oh! s'écria-t-il, Dieu m'est témoin de tout ce que son absence me fait souffrir! Mais elle est d'une santé délicate; le climat de Rome est malsain : chaque année pendant la saison des fièvres, je l'envoie à Naples chez les bonnes religieuses qui se sont autrefois chargées de son éducation. Ah! tu peux me croire, c'est un dur sacrifice! mais sa vie m'est trop précieuse pour que je l'expose au fléau qui décime périodiquement la population romaine.

— Vous avez raison, maître, dis-je, étouffant un soupir, et néanmoins presque heureux, au fond de moi-même, de penser que l'absence de Ginetta me sauverait du péril de la revoir.

— Alors, ajouta Philippe, je cherche à me distraire par le travail; je pense à elle, comme je te l'ai dit, le moins possible, et, quand l'épidémie a cessé ses ravages, Ginetta me revient. Si aujourd'hui je l'ai nommée devant toi c'est que je l'attends ce soir.

— Ce soir! m'écriai-je en bondissant.

— Oui, elle peut arriver d'un moment à l'autre.

A peine eut-il achevé ces mots qu'un coup de sonnette retentit à la porte et me fit passer un frisson dans le cœur.

Philippe s'empressa d'ouvrir la fenêtre. Je me précipitai à sa suite et je me penchai avec lui pour regarder dans la rue.

Une litière s'arrêtait devant la maison.

— C'est elle! c'est elle, cria le graveur avec transport.

Et il courut recevoir la voyageuse.

Je restai sur mon siége, éperdu, frémissant, la poitrine haletante, croyant être le jouet d'un songe.

Une magnifique personne, appuyée sur le bras de Philippe, entra presque aussitôt dans l'atelier.

Elle jeta les yeux sur moi.

Je renonce à dépeindre le regard que nous échangeâmes.

C'était bien Ginetta, Ginetta mille fois plus belle, Ginetta digne de porter sur le front une couronne de reine.

Mon ancienne compagne de voyage m'avait reconnu tout d'abord. La force lui manqua pour dominer son émotion. Elle poussa un cri et tomba sans connaissance dans les bras de son époux.

— Miséricorde! qu'a-t-elle donc? s'écria Philippe. Ah! *poverina!* c'est le saisissement, la joie de me revoir... Soutiens-la, Jacques... Près d'ici, dans mon cabinet, je dois avoir un flacon de sels... Une minute, et je reviens !

Il s'élança précipitamment hors de l'atelier.

Ginetta souleva sa paupière.

Son regard se plongea de nouveau dans mon regard. Elle appuya ses deux mains sur mes épaules ; puis, m'entourant de ses bras avec délire, la poitrine palpitante et le visage illuminé d'un éclair de bonheur :

— Toi ! s'écria-t-elle, toi, mon Jacques bien-aimé !

— Oui, ma Ginetta... c'est moi, c'est bien moi !

Presque aussitôt elle me repoussa brusquement et ses joues se couvrirent de pâleur.

— Le voici, dit-elle... Oh ! je t'en conjure, ne perdons pas son repos... Fatalité ! fatalité !

Philippe rentrait.

Ginetta calma son inquiétude, me fit une révérence cérémonieuse, et, s'appuyant pour la seconde fois sur le bras du graveur, elle monta l'escalier qui conduisait à leur appartement.

Tout cela venait de passer devant moi comme une lueur d'orage.

A peine si j'en croyais au témoignage de mes sens.

Pourtant c'est bien la voix de Ginetta qui résonne encore au fond de mon âme, c'est son œil noir dont j'ai reconnu l'ardente prunelle !... O mon Dieu ! mon Dieu !... Mais c'est à moi cette femme !... Qui donc me l'a prise ? De quel droit me vole-t-on la félicité de ma vie.

— Elle va mieux, ce n'était rien, dit Philippe en rentrant. Je suis chargé de te faire ses excuses. A présent que j'ai une ménagère, tu seras notre commensal, n'est-il pas vrai ?

J'avais l'imagination dans un égarement absolu, et je balbutiai je ne sais quelle réponse.

Oh ! oui, fatalité ! Ginetta le disait avec raison.

Fatalité ! car tout ce que j'ai de sentiments honnêtes, tout ce qu'il y a en moi de loyauté, de délicatesse et d'honneur va se trouver en lutte avec mon amour !...

Fatalité ! car cet homme bon, généreux, ce noble frère dans les arts qui m'a livré si cordialement tous les secrets de sa science, il va falloir le haïr. Je payerai son dévouement par la perfidie, ses bienfaits par l'opprobre... Non ! non ! je serais trop odieux et trop lâche !... Sauvons-nous du péril ; fuyons, puisqu'elle m'aime toujours !

De son côté Ginetta n'était pas moins en butte aux alarmes de sa conscience. Je lisais sur son visage tous les combats qu'elle se livrait à elle-même.

— Va-t'en ! me dit-elle, car nous deviendrions coupables... Va-t'en !... J'en mourrai peut-être ; mais lui, du moins, lui, mon bienfaiteur, ne me donnera pas le nom d'infâme !

A cet endroit de sa narration, Jacques fit une pause. L'émotion causée par ses souvenirs était extrême.

Son sein battait avec force, des larmes coulaient lentement le long de ses joues.

— Et vous êtes parti? lui demandai-je, inquiète et cherchant à deviner d'avance sa réponse.

— Je suis parti.

— Ah! c'est bien, Jacques, c'est très-bien !

— Oui, murmura-t-il d'une voix sombre ; mais elle en est morte...

— Grand Dieu !

— Elle en est morte, comme elle l'avait dit. Voilà ce que nous a coûté notre vertu.

— Ah ! pauvre femme ! pauvre femme !

— L'année suivante, à Florence, je retrouvai Philippe Thomassin couvert de vêtements de deuil.

Ginetta lui avait tout avoué à son heure suprême.

— Hélas ! hélas ! pourquoi ne m'avez-vous pas trompés l'un et l'autre? me dit le malheureux en sanglotant avec désespoir; je n'en aurais rien su peut-être, et Ginetta vivrait encore!

—

XIII

Jacques Callot ne put, ce jour-là, m'achever son récit.

Du reste, ce qu'il avait à m'apprendrendre n'offrait plus qu'un intérêt médiocre, après l'histoire de cette amante infortunée, victime de son courage et de son cœur.

Il est donc vrai qu'une affection véritable n'enfante que désastres, soit qu'on la repousse, soit qu'on y succombe! Gui Patin n'avait pas tort : « Il faut se sauver de ces amours-là, comme on se sauve d'un abîme!

En quittant Rome, Jacques se dirigea sur Florence.

Son premier protecteur, *il signor Ambrosio da Chia Monte*, le reçut à bras ouverts et le présenta solennellement à Cosme de Médicis, en s'attribuant avec quelque raison le mérite d'avoir deviné le premier les merveilleux talents du jeune homme.

Le grand duc fit tout au monde pour décider Jacques Callot à demeurer à sa cour.

Il réussit à l'y fixer quelques années, en le comblant de faveurs, et à force d'instances.

Mais, au moment où il croyait le retenir pour toujours, le prince Charles de Lorraine vint à passer en Toscane, invoqua le souvenir du duc Henri, son père, et ramena définitivement à Nancy le célèbre dessinateur.

Ce fut alors que je connus Jacques.

Le temps avait marché depuis ses grands chagrins et les avait emportés sur son aile oublieuse.

Si le souvenir de la tendre Ginetta lui arrachait encore des pleurs, il n'était plus cependant assez fort pour le prémunir contre une autre passion.

Je me sentais effrayée en voyant le sérieux qu'il apportait dans notre amour.

Il ne me quittait plus, il se montrait d'une jalousie très-inquiétante. Vraiment il n'y avait pas de temps à perdre, si je voulais l'arrêter sur cette pente fatale.

Une circonstance propice me vint en aide.

La famille de Jacques, instruite de l'affection qu'il me portait, s'appliqua aussitôt à provoquer une rupture, et ne vit rien de mieux, pour atteindre ce but, que de remplacer la maîtresse par une femme légitime.

Toute la petite cour de Lorraine se mêla de l'intrigue.

On fit battre le pays afin de découvrir une fiancée digne de l'artiste. La recherche fut longue, mais on trouva définitivement cette perle dans un bourg appelé Marsal.

Jacques, furieux, vint m'annoncer qu'on prétendait l'unir à une jeune personne protégée par la cour ducale.

— Ah ! lui dis-je, son nom ?

— Louise Kuttinger.

— Sans doute elle est jolie ?

— Eh ! morbleu ! que m'importe !

— Répondez-moi toujours, nous causerons ensuite. A-t-elle de la beauté ?

— On la dit assez agréable.

— Tant mieux, mon ami, tant mieux !

— Que dites-vous ? Le fût-elle mille fois plus...

— Je n'ai pas besoin de vous demander si elle est de bonne souche ? interrompis-je.

— Ah ! Ninon, je ne comprends pas votre sang-froid ! s'écria-t-il. Vous me désespérez !

— Pourquoi cela, Jacques ?

Il me regarda d'un air confondu.

— Cette nouvelle n'a rien qui doive nous chagriner. Je répète ma question : la fiancée qu'on vous propose est-elle noble ?

— Très-noble, me répondit-il avec humeur. Ses ancêtres étaient aux croisades.

— Peste! Elle est riche?

— Très-riche.

— A la bonne heure! Je ne vois pas alors, mon ami, pourquoi vous repousseriez un hymen qui vous offre tous les avantages réunis : beauté, noblesse et fortune.

Il restait devant moi la bouche béante et l'œil fixe, comme un homme frappé de stupeur.

— Je vous aime trop, Jacques, et je prends un intérêt trop sérieux à votre avenir, repris-je, pour ne pas vous exhorter à donner satisfaction à votre famille, à vos amis et aux princes de Lorraine qui vous témoignent une si grande bienveillance.

— Leur donner satisfaction!

— Oui, c'est votre devoir. Que suis-je pour vous? Un oiseau de passage, une hirondelle voyageuse qui doit vous quitter bientôt et retourner vers d'autres climats. Vous m'avez rendu service; oubliez que j'ai poussé peut-être un peu loin la reconnaissance et restons dans les termes d'une bonne et franche amitié. N'est-ce pas le sentiment le plus durable?

— Ah! Ninon! Ninon! s'écria-t-il en fondant en larmes, que vous ai-je fait pour me briser ainsi le cœur?

J'eus une peine d'autant plus grande à le calmer que toutes mes consolations ne pouvant être que dangereuses nous écartaient du but.

Néanmoins, je persistais à l'exhorter au mariage.

A la scène de larmes succéda une scène de colère.

Il jura de lutter contre sa famille, contre le duc de Lorraine, contre l'univers entier, ajoutant que, s'il épousait quelqu'un, ce serait moi, moi seule, et pas une autre.

Le cas devenait embarrassant.

Quel parti prendre? La fuite était impossible : Jacques ne me quittait plus. D'un autre côté, je n'aurais pas eu le courage de lui causer un chagrin réel.

Je pris le parti d'écrire en cachette à sa famille.

Tous ces gens-là vraiment agissaient avec une maladresse impardonnable; ils me décriaient, ils lui disaient de moi pis que pendre : c'était le moyen de me faire adorer sans rémission.

Grâce à moi, ils comprirent leur sottise et changèrent de tactique.

Le duc Charles III et Nicole se décidèrent à me recevoir. On m'invita aux fêtes du château. J'y eus un succès de bon aloi.

Mes manières étaient si convenables et je mettais une si grande décence dans toute mon attitude, que les médisants, lorsqu'ils voulurent essayer de me déchirer encore, passèrent aussitôt pour des calomniateurs.

Je prétendis que mon goût passionné pour les arts m'engageait seul à accueillir les fréquentes visites de l'artiste; que j'avais, du reste, la prétention d'être un homme bien plutôt qu'une femme, et qu'ayant pour moi ma conscience, peu m'importaient les commentaires des méchants.

Tout cela me réussit à merveille.

On me trouvait d'une originalité charmante; on daignait m'accorder de l'esprit.

Ces bons Lorrains me proclamaient un prodige, et Jacques entendait sur mon compte un perpétuel concert d'éloges.

Les personnes qui aiment la musique finissent quelquefois, à force d'en écouter les sons, par avoir une espèce d'agacement nerveux, et l'on dit qu'Alexandre le Grand chassa de sa présence un joueur de harpe, qu'il avait applaudi d'abord avec ravissement.

Je ne voulais pas que Jacques me chassât, mais je voulais qu'il eût une indigestion de louanges.

Ce n'était point encore là tout mon jeu.

Par mes avis secrets, on avait fait venir de Marsal Louise Kuttinger.

Je me rapprochai sans affectation de cette jeune fille, qui était vraiment d'une gentillesse fort grande et d'une douceur angélique.

D'un autre côté, comme elle n'était point sotte, je lui donnai tout bas plusieurs conseils, qu'elle mit à exécution sur-le-champ.

Bientôt Jacques tomba dans le piége.

On continuait à me louer sans cesse, on semblait

prendre un malin plaisir à enlever à Louise tous les mérites qu'on m'accordait.

Une injustice aussi flagrante révolta l'artiste.

Me voyant faire chorus avec les détracteurs, il me le reprocha très-sérieusement un jour.

— Eh! monsieur, lui dis-je avec une feinte colère, allez vous prosterner devant ce modèle accompli de toutes les vertus et de toutes les grâces! Qui donc y met obstacle, je vous prie?

La rougeur lui monta au front.

J'aurais gagé qu'avant huit jours il serait éperdument amoureux de Louise, et la chose arriva comme je l'avais prévu.

Chez moi l'amour-propre était bien un peu froissé par le succès même de ses manœuvres.

Mais la femme qui n'a pas le courage de se charger à tout jamais du bonheur d'un homme, et qui sacrifie ce bonheur à une liaison éphémère est une femme égoïste ou une femme corrompue.

Les personnes qui me connaissent ne m'accuseront jamais d'être l'une; et, malgré la légèreté de ma nature, on m'a toujours rendu cette justice que je n'ai de ma vie été l'autre.

Sur ces entrefaites, la cour de Lorraine eut un démêlé avec la cour de France.

Son Éminence le cardinal de Richelieu, ce grand vainqueur de La Rochelle, se fâcha. Nos princes de Nancy s'en moquèrent, et les choses prirent une tournure de plus en plus grave.

Bref, Louis XIII et son ministre nous tombèrent tout à coup sur les bras avec une armée formidable.

Voilà notre pauvre ville assiégée dans toutes les règles!

Ce serait ici le cas de faire une magnifique description d'un siége, de parler d'escarpes, de contre-escarpes, de tranchées et de batteries. Je pourrais apprendre à mes lecteurs comment s'organise un assaut, comment se répare une brèche, de quelle manière il faut manœuvrer, lorsqu'on exécute une sortie par la poterne; mais je laisse à nos héros du jour le soin de traiter dans leurs *Mémoires* ces graves questions militaires.

Les miens ne comportent pas un cours de stratégie.

Après un bombardement qui me causa des transes fort vives, car un boulet vint un jour s'égarer jusque dans mon domicile, monsieur le cardinal et Sa Majesté Louis XIII entrèrent à Nancy, comme des héros antiques, juchés l'un et l'autre sur un char de triomphe.

On dut les y héberger avec leurs troupes victorieuses, et, tout en enrageant, les princes lorrains firent acte de complète soumission.

Richelieu prit ses sûretés pour l'avenir.

Il donna l'ordre de démanteler la ville, mesure prudente qui lui semblait offrir plus de sécurité que les promesses.

Je crois être encore dans la grande salle du château de

Nancy, toute peuplée des portraits des Guise, austères et solennelles figures, que nous nous attendions presque à voir descendre de leurs larges cadres dorés, pour reprocher aux vaincus leur couardise et aux vainqueurs leur insolence.

Louis XIII est assis sur le trône ducal, en haut d'une estrade recouverte d'une riche tapisserie de Flandre.

Debout près de lui, Richelieu dicte à Charles III la formule d'un serment, que le duc, agenouillé devant le roi, répète d'une voix sourde et frémissante.

Tous les seigneurs et toutes les dames de la cour s'indignent de voir leur prince en quelque sorte réduit au vasselage.

Parfois des exclamations s'élèvent et couvrent les paroles du ministre.

Mais Richelieu, de ce regard sombre et menaçant qui donnait si bien la mesure de son despotisme et de son audace, parcourt l'assistance et fait taire les murmures.

— Cela suffit, mon cousin, dit Louis XIII en relevant le duc de Lorraine. Désormais ne contestez plus notre droit de suzeraineté et restons bons amis.

— A propos, monsieur le duc, dit le cardinal, vous avez chez vous un graveur de talent. Il se nomme?...

— Jacques Callot, Votre Éminence

— En effet, c'est bien cela qu'on m'a dit. Le cousin de madame la reine mère, Cosme de Médicis, regrette beaucoup, assure-t-on, qu'il ait quitté Florence?

— Oui, monseigneur, répondit le duc; mais cet artiste appartient à la Lorraine. Nous ne le céderons à personne.

— Est-il présent à cette assemblée?

Sur un signe de Charles III, Jacques quitta le siége qu'il occupait près de moi.

Il s'approcha de l'Estrade.

— Le voici, Votre Éminence, dit le duc au ministre.

— Ah! c'est vous, monsieur, dont j'ai entendu faire l'éloge, reprit gracieusement Richelieu en s'adressant à l'artiste. Sa Majesté se plaît à croire que vous voudrez bien lui donner des preuves de votre talent.

Jacques s'inclina.

— Sur ma proposition, le roi décide que vous serez chargé de reproduire par le burin les principaux épisodes du siége.

A ce discours inattendu, le duc de Lorraine tressaillit.

L'indignation la plus vive se manifesta sur le visage des assistants, et les murmures recommencèrent.

— Pardon, monseigneur... J'ai mal compris sans doute? répondit Jacques Callot sans hésiter. Vous ne me forcerez pas, j'imagine, à célébrer la défaite de mon souverain? Il est impossible que vous me proposiez d'être le complice de l'avilissement de mon pays!

A ces mots, des applaudissements partirent de tous les coins de la salle.

Charles III attira dans ses bras le courageux artiste et lui donna une vive accolade.

Richelieu fronça le sourcil.

— Prenez garde ! dit-il à Jacques : résister serait vous rendre coupable de haute trahison. Le roi de France, votre seul maître à cette heure, vous commande de mettre à son service l'habileté précieuse que la renommée vous accorde. J'ai dit : « Vous commande... » réfléchissez-y bien !

En même temps, le cardinal se tourna vers Louis XIII. Il l'invita du regard à confirmer cet ordre.

Mais Jacques monta résolument les degrés de l'estrade, et, s'adressant au monarque, avant que celui-ci eût pu répondre au désir de son ministre :

— Que Votre Majesté n'ordonne rien, s'écria-t-il, car je n'obéirais pas !

— Monsieur, dit Louis XIII, confondu de ce ton hardi, vous oubliez sans doute à qui vous parlez et devant qui vous êtes ?

— Je n'obéirai pas, répéta Jacques, étendant vers lui la main droite. Voilà celle de mes mains qui tient le crayon : faites-la moi couper, Sire ; mais ne me demandez rien contre le devoir et l'honneur !

Après ces paroles sublimes, que l'histoire ne peut manquer de louer un jour, il salua dignement le roi et quitta la salle.

Richelieu devint pâle de colère.

Il fit signe à un officier des gardes, qui s'empressa de se mettre sur les traces de l'artiste, l'atteignit sous le vestibule du château et lui demanda son épée.

On conduisit Jacques dans les prisons de la ville.

Ses parents étaient au désespoir.

Louise Kuttinger, alors tendrement aimée, grâce à mon adresse et au succès de mes manœuvres, pleurait toutes ses larmes, croyant son fiancé perdu.

Mais J'obtins, le jour suivant, une audience de Richelieu, et Jacques eut son pardon.

Voici quel fut mon entretien avec le puissant ministre.

— Me reconnaissez-vous, monseigneur? lui demandai-je, après le premier échange de saluts entre nous, et donnant à ma voix un grand ton de hardiesse.

Il vint me regarder sous le visage.

— Non, murmura-t-il... C'est-à-dire... En effet, gracieuse enfant, vos traits me sont connus. Où donc ai-je eu le bonheur de vous rencontrer?

— Vraiment, monsieur le Cardinal, je comptais sur plus de mémoire, et je suis humiliée de n'avoir pas laissé plus de traces dans votre souvenir.

— Aidez-moi, je vous en prie, mademoiselle.

— Je suis une de ces deux femmes que vous avez députées à milord Buckingam, pour le décider à retourner en Angleterre.

— Ah! ah!... d'où il n'est plus revenu? Votre concours n'est pas resté sans résultat, dit-il avec un sourire à me donner le frisson.

— C'est vrai, monseigneur. Aussi cette démarche me causera toute ma vie des remords.

— Eh! bon Dieu, vous n'êtes coupable de rien... ni moi non plus! ajouta-t-il avec précipitation. Seulement, vous avez eu tort de ne pas venir me demander plus tôt votre récompense.

— Si je vous la demandais aujourd'hui, monseigneur?

— Je payerais ma dette, je la payerais avee joie. D'ailleurs, je ne vous serais redevable de rien, mademoiselle, qu'à d'aussi jolis yeux que les vôtres il me deviendrait impossible de refuser une grâce.

— Ah! monsieur le cardinal, vous êtes d'une galanterie!...

— Qui ne peut vous surprendre. Tous les cœurs, j'en suis certain, se troublent à votre aspect : pourquoi donc échapperais-je à la loi commune?... Voyons, mademoiselle, parlez... que désirez-vous?

— La liberté de ce jeune artiste, que vous avez donné l'ordre d'enfermer hier.

FIN DU TOME SECOND.

www.ingramcontent.com/pod-product-compliance
Lightning Source LLC
LaVergne TN
LVHW012007220826
846092LV00001B/267

* 9 7 8 2 3 2 9 7 7 6 4 5 3 *